SV

Gertrud Leutenegger
Matutin

Roman

Suhrkamp Verlag

Für Unterstützung dankt die Autorin
der Stiftung Pro Helvetia.

Satz: Hümmer GmbH, Waldbüttelbrunn
Druck: Friedrich Pustet, Regensburg
Printed in Germany
Erste Auflage 2008
ISBN 978-3-518-42029-4

1 2 3 4 – 12 11 10 09 08

Matutin

Erster Turmtag

Ich muß die Erde verlassen, ein Wirbelsturm reißt mich in die Luft! Wälder, Seen, Berge versinken unter mir, langsam, unaufhaltsam. Gestreckt im Flug kann ich mich nicht wehren, der Wind tost durch meinen Körper bis zu den Zehenspitzen. Was herrlich sein könnte, dieses Auffliegen in unermeßliche Lufträume, warum erfüllt es mich nun mit Entsetzen? Doch plötzlich, wie ein Echo von weit her, dringen einzelne Vogellaute zu mir. Zuerst kaum hörbar, nur ein zaghaftes Zwitschern, vorsichtige Pfeifsignale, Antwortrufe, jetzt ein immer weniger zurückgehaltenes Lokken, ein unvermitteltes Jubilieren, sollte ich es denn wirklich ein letztes Mal hören? Aber das Gezwitscher reißt nicht ab, wird lauter und vielstimmiger. Ich taste mit den Händen über mein nasses Gesicht und sehe mich verwundert in einem fremden Bett liegen. Draußen dämmert es. Mein erster Turmtag bricht an.

Unwahrscheinlich. Man hat mich gestern auf der Stadtverwaltung, trotz einiger Bedenken, als Kustodin des Turms eingestellt. Ich verschwieg natürlich, daß ich erst am späten Morgen, nach längerer Zugfahrt, hier eingetroffen war. Wieder die Treppenstufen zum Stadtzentrum hinabzusteigen, in das Stimmengeschwirr des großen Platzes einzutauchen, hinter dem die weite Fläche des Sees glitzerte, links und rechts die beiden kegelförmigen Berge aufragten, brachte mich in die Nähe des Wahnsinns. War ich nicht immer hier geblieben? Und doch! Schon beim ersten Blick auf den See war mir nicht entgangen, daß am Ende der Bucht, wo über Jahre auf einer festverankerten Plattform ein spektakuläres Monument gestanden hatte, bis es so verwitterte, daß es zur Ruine verfiel, eine neue Holzkonstruktion durch das Laub der Platanen am Quai schimmerte, wenn auch kleiner und schlichter. Ohne selbst die Wanderung bis zum Ende der Bucht aufzunehmen, fragte ich ungeduldig mehrere Passanten, die über den Platz eilten, um Auskunft, als spürte ich eine gefährliche Beschleunigung der Angelegenheit. Ein merkwürdiges Projekt! rief schließlich ein junger Mann mit einer Aktenmappe aus, wahrscheinlich wird man es fallenlassen, er wies mit der Hand zum Stadthaus, dort im Innenhof können Sie es besichtigen.

Nur beim Gang auf die Toilette des angrenzenden Restaurants, die zusammen mit der lärmigen Küche im Obergeschoß liegt, hatte ich manchmal einen Blick hinuntergeworfen in diesen klassizistischen Hof, der immer verlassen schien und in dem nur die Tauben gurrten. Nun waren hier in einer Glasvitrine ein Modell und Skizzen zur neuen Attraktion auf dem Wasser ausgestellt. Zuerst fiel mir ein Hinweis auf, daß in diesen Tagen der Bewerbungstermin für das Kustodenamt ablaufe, ich betrachtete kurz die Glasvitrine, mit Erschrecken erkannte ich in dem Modell sofort den Turm, den ich während langer Jahre jeden Morgen beim Aufwachen als erstes, fern auf einer Hügelkuppe, am Horizont erkannt hatte. Es war derselbe schmale Turm, fast ohne Fenster, streng und abweisend. Ich beugte mich über die Glasvitrine, kein Zweifel! Die nördliche Fassade, mit der Eingangstür, war nach außen gewölbt, wie in einer verhaltenen Aggression, und hatte das frühere Monument auf dem Wasser gewirkt, als breite ein überlebensgroßer Mensch seine Arme aus, um jeden Eintretenden zu umfangen, so konnte diese entgegengesetzte Fassade nur abstoßen und verstören. Ob der Turm überhaupt begehbar war? Auch die Bäume fehlten nicht, welche den Turm auf der Hügelkuppe fast zudeckten und überwuchsen, ebensowenig in einiger Entfernung der doppelreihige Baumkreis, dessen fatale Bestimmung ich kannte. Genug!

Aber jetzt bin ich schon im Turm. Das Eisenbett muß aus einem der bankrott gegangenen Hotels der Stadt stammen. Sonst steht nichts in diesem ersten Geschoß. Der frische Geruch des Holzes mischt sich mit dem leicht fauligen des Wassers, das glucksend gegen die Plattform schlägt, denn der Turm ist, wie das frühere Monument auch, nur aus Holz. Wir waren eigentlich, sagte man mir gestern auf der Stadtverwaltung, nach den leidigen Querelen um die verrottende Konstruktion von vorher, beinahe auf dem Standpunkt, wieder die bewährten kolorierten Wasserspiele einzuführen, aber da tauchte dieses unerwartete Projekt auf, und heute auch noch Sie! In der Tat bin ich die Treppenstufen zur Stadtverwaltung nur so hinaufgesprungen und bei der Bewerbung um das Kustodenamt aufgetreten, als wäre der Turm eigens für mich konstruiert worden. Das Gefühl des endgültigen Verlusts der Welt hier muß mir eine rätselhafte Überzeugungskraft gegeben haben. Meine Ortskenntnis einerseits, mein auswärts verlegter Wohnsitz andrerseits begünstigten gewiß die Sache. Manifestationen jedenfalls, fuhr man fort, haben Sie nicht zu befürchten, dieses Projekt hat wenig gekostet, der Architekt will anonym bleiben, die Realisation ist wieder im Rahmen eines städtischen Arbeitslosenprogramms erfolgt, überdies konnte nochmals das elektronisch gesteuerte Sägewerk im alten Schlachthof benützt werden. Sie haben die Bedingungen wirklich gelesen? Die detaillierten Unterlagen? Sie werden noch Tage damit verbringen müssen!

Die stärksten Bedenken der Stadtverwaltung, vermute ich, rührten daher, daß man für das Kustodenamt, wenn überhaupt jemanden, eher einen jüngeren Mann erwartet hatte. Ob ich tatsächlich glaube, diese Abkapselung an einem ungewohnten Ort, zudem auf dem Wasser, zu ertragen? Die Besucher mit den Fakten des Turms bekannt machen zu können? Mit der Übernachtungsvorschrift zurechtzukommen? Dem eingeschränkten Bewegungsraum? Der rigoros eingeteilten Zeit? Nichts lieber als das! rief ich, und endlich erhob man sich auf der Stadtverwaltung. Bei der Verabschiedung sind sie geradezu galant geworden. Beinahe hätten wir etwas Wichtiges vergessen! sagte der Sekretär plötzlich und schlug mit der Hand auf den Papierberg vor ihm. Natürlich werden Sie Tag und Nacht bewacht, selbstverständlich ganz unauffällig, aber seit den jüngsten Brandanschlägen in unserer Stadt sind wir, was die Sicherheit öffentlicher Gebäude betrifft, etwas vorsichtig geworden. Dieselbe Person bringt Ihnen auch das Essen, Sie werden ja wohl in dem Turm nicht verhungern wollen?! Zum ersten Mal während dieser Unterredung muß ich einen irritierten Eindruck gemacht haben. Wahrscheinlich habe ich kurz die Augenbrauen zusammengezogen, so wie ich den Ausdruck meines Gesichts leider nie unter Kontrolle habe. Bitte, sagte der Sekretär entgegenkommend, fast erfreut, jetzt können Sie die Unterschrift auf dem Vertrag noch rückgängig machen. Ich schüttelte mit wiedergewonnener Bestimmtheit den Kopf, nein, ich wollte nur noch einmal, ohne abgelenkt zu werden, ohne die geringste Störung, im Innern dieser Welt wohnen. Darauf hat jemand von der Stadtverwaltung laut herausgelacht. Förmlich gebrüllt vor Lachen! Aber ich habe mich nicht einmal nach dem Lacher umgedreht, sondern entschieden zum Gehen gewandt.

Vom Bett aus kann ich, durch die Bodenluke am Ende der Treppe, ins obere Geschoß sehen. Ich werde den ganzen Tag Zeit haben für eine erste Besichtigung des Turms. Besucher stellen sich heute bestimmt noch keine ein. Doch warum nehme ich das an? Das Licht draußen scheint unmerklich düsterer geworden zu sein. Jedenfalls wird es nicht heller. Nur matt glitzert die Hülle der luftdicht verpackten Brioche, die gestern der Sekretär, nachdem man mich bei Einbruch der Nacht in den Turm geführt hatte, am Schluß auf mein Bett legte. Würde ich aufstehen, sähe ich durch den Lichtschlitz im Zwischengeschoß vielleicht bereits die transparenten Aufzüge an der Seefassade des Kasinos hinauf- und hinuntergleiten oder das grüne Kupfertürmchen der Villa im Stadtpark auf den Kronen der Bäume schwimmen. Verfärbt sich schon das Laub? Aber ich bin auf einmal so schläfrig. Es wird immer dunkler, fern grollt ein Donner. Und dann klatschen die ersten Tropfen aufs Wasser, in der nächsten Sekunde gefolgt von einem Platzregen, der mit einer Heftigkeit niederprasselt wie nur hier, erlösend, besänftigend, aus den Wohnungen am Quai hört man Stimmen durcheinanderrufen. Ich bin wieder zu Hause! Langsam wird das Rauschen des Gewitterregens leiser. Bevor ich in den letzten Morgenschlaf falle, taucht erneut das Bild vor mir auf, das gestern, während der Verhandlung mit der Stadtverwaltung, plötzlich in mir hochtrieb, erst vage, noch halb verschattet, doch unabweisbar. Ob von ihm meine Überzeugungskraft für das Kustodenamt herrührte? Ich bin fünf Jahre alt, der ganze Eßtisch reicht wieder einmal für mein Bauvorhaben nicht aus, der Tanzsaal des entstehenden Schlosses muß auf den Boden verlegt werden. Aber da fehlt mir nun ausgerechnet eines dieser blaugetönten Cellophanfensterchen, durch die richtige Lichtbahnen ins Innere meiner Säle fallen, worauf die Spielfiguren winzige Schatten werfen. Ich krieche auf dem Teppich herum, spähe unter die Möbel. Es ist Sommer und heiß, meine Mutter hat die meisten Fensterläden geschlossen, wird da überhaupt noch ein Lichtstreifen durch das Cellophanfensterchen dringen, und ohnehin bin ich müde von der stundenlangen Bauerei. Vor einem der moosgrünen Sessel, deren Füllung sich fast bis zum Boden baucht, halte ich inne und lege den Kopf auf den Arm. Wie lautlos es ist, niemand scheint im Haus zu sein. Doch schauen mich aus dem Halbdunkel unter dem Sessel nicht zwei Augen an? Zwei gelbe Augenkreise vielmehr, denn die dunklen Pupillen gehen ein in das Dämmerlicht, nur schwach zeichnet sich ein schwarzes Gefieder ab. Es muß eine Amsel sein! Sie rührt sich nicht. Als ich mich etwas näher heranziehe, schlägt sie mit den Federn ein einziges Mal gegen die Sesselfüllung, als flehe sie um Schonung. Ich bewege mich nicht mehr und beobachte sie unverwandt. Die Amsel ist jetzt still, nur die dunklen Pupillen glänzen. Sie muß sterben, denke ich auf einmal, keiner weiß von ihr, sie hat sich in Todesangst unter dem Sessel verkrochen, die ganze Zeit über war sie stumm in meiner Nähe! Ich werde sie nicht verraten. Am nächsten Tag leuchten die gelben Augenkreise immer noch unter dem Sessel, ich lege mich zu dem Vogel hin, er zuckt nur kurz. Meine Mutter wundert sich über mein ständiges Herumliegen am Boden, ich sage kein Wort, doch warum öffnet sie dauernd alle Fenster? Bis in die späte Abendkühle hinein verharre ich vor dem Sessel, am Morgen eile ich noch im Nachthemd wieder dorthin, aber am dritten Tag, die Fenster stehen von neuem weit offen, knie ich vor dem moosgrünen Sessel nieder und entdecke mit stockendem Herzen die Leere zwischen der bauchigen Füllung und dem Teppich. Ungläubig arbeite ich mich mit den Händen in den schmalen Zwischenraum vor, als müßte ich blind die Federn ertasten, als könnte ich zumindest die Wärme wiederfinden, welche die Amsel mit ihrer kleinen atmenden Brust auf dem Teppich hinterlassen hat. Nichts. Ein Schmerz, beißend gemischt aus Verlassenheit und Versäumnis, überfällt mich und lebt, nach so vielen Jahren, unvermindert an diesem Tagesanbruch wieder auf, da der Verkehr immer lauter über die Quaistraße rollt, die Schiffe von den Landungsstegen abstoßen, und mir ist, ich sei in diese Stadt zurückgekommen, um jenes unterbrochene Zwiegespräch mit der todwunden Amsel fortzuführen.

Zweiter Turmtag

Zuallererst bin ich gestern ins oberste Geschoß hinaufgestiegen. Ich habe wieder eine Art Dachboden! Denn das dritte Stockwerk liegt direkt unter dem abgeschrägten Dach, und so schmal auch sonst der Turm ist, gibt mir dieses luftige Dachgeschoß das Gefühl, in einem richtigen Haus zu sein, als wäre alles Wohnen ohne Dachboden ein Leben in amputierten oder halb eingestürzten Häusern. Das Dachbodenfenster nimmt fast die ganze Breite der geschweiften Nordfassade ein. Von äußerstem Raffinement sind die Fensterläden, in alle Richtungen verstellbar, so daß man sich wie bei einer Bühnenvorrichtung an ihnen betätigen kann. Der erste Blick auf die Stadt, aus diesem Weitwinkel heraus, war erregend. Im selben Augenblick wurde mir bewußt, wie ausgesetzt ich in diesem Turm bin. Ich schob die Fensterläden etwas zusammen und wünschte auf einmal, es handelte sich nicht um das Modell jenes in höchster Einsamkeit aufgerichteten, vielleicht auch deshalb so erstaunlich unversehrt erhaltenen Turms, sondern um einen jener Türme, die weiter gegen die Ebene zu, auf kleinen Anhöhen zwischen Rebbergen, so unförmig von Efeu überwuchert sind, daß man sie darunter nicht mehr erkennt, oder im Wald hinter einem Dorf vor sich hindämmern, von einem gewaltigen Riß wie von einem Blitzschlag gespalten, längst Teil des sie verschlingenden Gestrüpps. Aber dieser Turm ist nackt, ein Geschlechterturm der Vögel, mitten im belebten Gewässer der Stadt.

Den ganzen Morgen habe ich mich mit den Fensterläden beschäftigt, das oberste Geschoß auf die verschiedenartigste Weise ausgeleuchtet oder verdunkelt und auch eine bestimmte Stellung der Fensterläden herausgefunden, die von mir her größte Sichtweite, von der Stadt her aber absolute Deckung meinerseits ermöglicht. Schließlich bin ich sehr nah am Quai. Selbstverständlich habe ich auch öfters hinuntergespäht, was sich dort so tat, ob schon ein Besucher oder eine Besucherin auftauchte. Aber es sind nur Verliebte in die grasgrünen Pedalos hineingeklettert, am Eisstand wurde die schwarzweiß gestreifte Markise heruntergekurbelt. Ein paar ältere Männer richteten sich unter den Platanen mit ihrer Zeitung ein, nachdem sie mit einem Taschentuch die Bänke, noch naß vom morgendlichen Gewitterregen, abgetrocknet hatten. Einmal versammelte sich eine kleine Menschenmenge, wahrscheinlich Touristen, bei der Orientierungstafel vor der Plattform und vertiefte sich unangenehm lang in die dort vermerkten Angaben über den Turm, obwohl diese doch, wie bei der früheren Attraktion, eher knapp sind, technische Daten zur Rekonstruktion, Maßstab 1:1, Anzahl und Dicke der Tannenholzbretter, Gewicht der Tragestruktur aus Stahl, Größe der Plattform, dann noch einige panoramische Sätze, der Turm erhebt sich an der tiefsten Einbuchtung des Golfs, undsoweiter, erst am Schluß die Bedingung des Besuchs. Diese schien in der Gruppe eine ziemlich ungeordnete Diskussion auszulösen, sogar die in ihren Zeitungen blätternden Männer wurden mit hineingezogen, aber sie zuckten nur ungerührt die Achseln, und die Gruppe starrte darauf konsterniert auf den Turm. Ich war hinter den Fensterläden versteckt und verspürte eine diebische Freude.

Unruhe bereitete mir gestern im Grunde nur noch der Gedanke an die Person, die mir das Essen bringen sollte. Dann lag am späten Nachmittag eine Plastikbox, vom selben stechenden Grün wie die Pedalos, vor der Tür. An der Innenseite des Deckels klebten Dampftropfen und ein Zettel: Bitte leere Box vor die Tür stellen. Die Mahlzeit bestand aus einer großen Portion noch lauwarmer Polenta. Dazu ein Wegwerfbesteck, wie im Flugzeug. Ich bin mit dem Essen auf den Dachboden gestiegen und wollte mich beinahe auf das Eisenbett dort setzen, das zweite im Turm, das leider nicht für mich, sondern für die Besucher bestimmt ist. Wie gern schliefe ich hier oben, mit dieser Perspektive über die Stadt! Dabei sehe ich nicht wirklich über die Dächer hinweg, dazu ist der Turm zu wenig hoch. Aber die Einblicke in ein paar Straßenschluchten und Plätze, hinüber zum Stadtpark und bis zur Mündung des Kanals, geben mir das Gefühl, Häuserzeile um Häuserzeile werde durchsichtig, bis zum Friedhof mit seinen monumentalen Grabstätten, wo man beim Eindunkeln nie sicher ist, ob die Statuen mit ihren verrückten Verrenkungen sich schon dem Himmel entgegenwerfen oder sich aufbäumen in letzter Lebenslust, während zwischen den Zypressen, in stoische Büsten gebannt, Männerköpfe und Frauenbildnisse in verschiedenen Höhen aufragen, als bewohnten sie bereits hierarchisch gestufte Etagen der Ewigkeit. Im offenen Eingang des alten Schlachthofs knattern über die Balken gehängte Plastikplachen, die ochsenblutfarbenen Kacheln glänzen, von den Gesimseverzierungen an der Außenmauer fällt der Verputz. Den halb ausgetrockneten Kanal hinunter schwimmt in der Mitte, wo der Wasserlauf etwas tiefer ist, in höllischem Tempo eine Ente.

Die grüne Plastikbox ist am Abend vor meiner Tür verschwunden und nicht wiedergekehrt. Offenbar muß ich mich mit einer Mahlzeit begnügen. Das paßte zu der Tatsache, daß ich im Turm ohne Strom auskommen muß. Der Sekretär hatte, bei unserem Betreten des Turms, deutliches Mißfallen darüber ausgedrückt. Der Architekt sei unansprechbar gewesen für dieses Problem. Er wolle nun einmal, in jeder Weise, die gegenteilige Wirkung des vorherigen Monuments erzeugen: während jenes, in der Nacht von Scheinwerfern angestrahlt, in theatralischem Trompetengold geglänzt habe, solle dieser Turm auf seiner lichtlosen Präsenz beharren. Ich vermute, sagte der Sekretär sichtbar erleichtert darüber, daß ich über diese weitere Unannehmlichkeit keine Szene machte, der Architekt meint, nur so, allen künstlichen Lichts beraubt, könne ein Besucher sich den Ort und das Drama des Turms vorstellen und sich eine Nacht lang darin aufhalten, als wäre er ein Akteur der einstigen Geschehnisse. Die übrigen Mitglieder der Stadtverwaltung begannen, ungeduldige Zeichen zu geben. Der Sekretär aber schien sich plötzlich selbst für den Turm zu erwärmen, er nahm meine Hand und führte mich vor eine Tür, die ich noch gar nicht bemerkt hatte. Ist Ihnen aufgefallen, sagte er in schon fast vertraulichem Ton, daß der Architekt hier im untersten Geschoß die geschweifte Außenfassade im Innern zu einem Oval abgeschlossen hat, wodurch wir zwei Eckräumchen für Sie gewinnen konnten? Diese Lösung belebte den Architekten derart, daß er deswegen, zumindest uns gegenüber, sogar seine Anonymität durchbrach und sich stundenlang im Stadthaus darüber ausließ, daß nicht das geringste unter den berühmten Werken früherer Zivilisationen die jeweiligen Kloaken gewesen seien und er sich eben auch hier, im Kleinen, Gedanken darüber gemacht hätte, und daß man niemandem im Turm zumuten könne, für dringende Bedürfnisse eine Toilettenkabine am Quai aufzusuchen, vor allem nachts nicht, da auch eine Frau Bewohnerin des Turms werden könnte, wirklich! hat er das gesagt? rief ich. Tatsächlich, bestätigte der Sekretär in einem Ton, als wäre er jetzt selbst davon überrascht. Die anderen

Mitglieder der Stadtverwaltung ließen warnende Hustengeräusche hören. Innerhalb weniger Minuten war ich allein.

Unbeweglich blieb ich in der Mitte des Raums stehen und schloß die Augen. Zum ersten Mal spürte ich das kaum merkliche, doch kontinuierliche Schwanken der Plattform, die nicht wie beim vorherigen Monument auf tief in den Seegrund geschlagenen Stahlpfählen ruht, sondern, da sie nur die Größe eines Floßes hat, mit Ankerseilen am Ufer festgezurrt ist. Dann eilte ich zu dem Lichtschlitz im Zwischengeschoß hinauf. Zu meinen beiden Seiten duckten sich die kegelförmigen Berge in der Dunkelheit, zwei Drachen im Schlaf, der eine kehrte mir die schwarze Bauchseite zu, der andere den Rücken, mit glitzernden Schuppen gesprenkelt. Später öffnete ich die Tür zu einem der Eckräume. Bleich schien das Weiß einer Toilettenschüssel auf, unter einem Wasserhahn eine abgeschrägte Marmorplatte als Lavabo. In nahezu versteckt in die Holzwand eingelassenen Ablagen schimmerten Papiere, zweifellos die Turmdokumentation, die kein Besucher, so lautete die Regel, je zu Gesicht bekommen durfte, sondern ihm nur durch meine Vergegenwärtigungen Wirklichkeit werden sollte. Beim Hinausgehen stieß ich mich an einem eisernen Gegenstand, der aus der Wand herausragte. Ein Haken? Ich befühlte ihn mit den Fingern. Handelte es sich etwa um einen Kerzenhalter? Ziemlich erheitert darüber, daß man mir offenbar zumutete, selbst nachts bei Kerzenlicht die Turmfakten zu studieren, bin ich zu Bett gegangen und sofort eingeschlafen.

Im anderen Eckraum befindet sich ein Berg luftdicht verschlossener Brioches. Wasserflaschen; ein Stapel Leintücher. Und tatsächlich ein Kerzenvorrat, als gälte es, eine Kathedrale zu illuminieren. Wahrscheinlich dachte der Architekt bei diesem Eckraum an eine Speisekammer, aber ich kann sonst nichts Eßbares entdecken. Einen Augenblick lang bin ich versucht, die Brioches zu zählen, um die Dauer meines Turmaufenthaltes herauszufinden. Der Sekretär ist mir bei der Frage danach ausgewichen. Es ist schon Mitte September, sagte er, die Nächte im Turm werden bald kühl, ich benachrichtige Sie rechtzeitig. Dennoch beginne ich, die Brioches zu zählen. Aber ich gebe es rasch auf. Mögliche nächtliche Besucher sind bestimmt mitgerechnet, ich schichte die Brioches, meine kleinen Frühstücksleichen, ungezählt wieder aufeinander. In der grünen Plastikbox war übrigens gestern dieselbe Portion lauwarmer Polenta. Ich weiß plötzlich, dass ich mir jedes andere Essen aus dem Kopf schlagen kann. Zu meinem eigenen Erstaunen breitet sich eine unbändige Erleichterung darüber in mir aus. Wie kommt mir doch die ganze Einrichtung des Turms entgegen, alle fremden Bilder abzuweisen!

Ich bin schon wieder auf dem Dachboden. In der Frühe ist die Luft klar, nichts mehr von in den Straßenschluchten nächtlich gestauter Hitze, die bewaldeten Bergkegel glänzen. Bis heute kein Besucher. Hie und da ein Haufen Schaulustiger unter den Platanen, oder versprengte neugierige Einzelgänger. Niemand wagt, auch nur die Plattform zu betreten, als gäbe es von dort keinen Schritt zurück. Ein paar Häuserfenster müssen über Nacht offengestanden haben, Vorhänge quellen wie Wolken heraus. In den Glasfassaden metallisiert sich der See. Ich stehe auf dem Podest, hinter den leicht verschobenen Fensterläden, in der Position des Vogelfängers an seinem Ausguck. Stundenlang muß er so gelauert haben, den ganzen Luftraum gegen Norden absuchend, die geringste dunklere Färbung des Himmels ausspionierend. Die Beine verkrampfen sich, der Nacken wird steif. Dort! weit in der Ferne, wie nur hingestrichelte Reihen, oder ist es eine Täuschung, da! deutlicher ein keilförmiges Flirren, und plötzlich, schon über der nächsten Hügelkuppe, ein den Himmel verschattender, scheinbar wirrer, jedoch nach außen vollkommen gerundeter Schwarm! In unerwartet lang anhaltenden, manchmal jäh unterbrochenen Wanderungswellen kommen sie, die großen Migrationen, über Kontinente hinwegreichend. Keine Sekunde denkt der Fänger in seinem Beobachtungsturm an die freudig gesteigerte Atmung der kleinen Tiere, noch lebhafter pulsiert ihr warmes Blut, mit letzter Energie schlagen sie schneller mit den Schwungfedern. So manchen ihrer schwächeren Gefährten haben sie verloren, selbst in ratlosen Zickzackkursen nicht wiedergefunden. Der Flug über die verschneiten Pässe, die Gletscher, die Felsschluchten hat nun auch die kräftigeren Zugvögel erschöpft, wie in Trance sind sie schließlich dem Lauf des Flusses, dem sich nach Süden öffnenden Tal gefolgt. Doch jetzt auf einmal diese Lichtung! Kreisförmig darum angelegt dichte Doppelreihen von Bäumen, meist Buchen, manchmal Eichen, spät im Herbst noch belaubt, welche Zuflucht, welcher Schutz. Und diese auffällige Ansammlung von beerentragenden Gebüschen, Wacholder, Eberesche, Lorbeer, die schwarzen Vogelaugen leuchten auf, die winzigen Körper zittern vor Hunger, erlöst lassen sie sich an dem paradiesisch lokkenden Ort nieder, wo sie ein Arsenal von Mitteln zu ihrer Vernichtung erwartet.

Das grüne Kupfertürmchen der Villa im Stadtpark liegt noch im Schatten. Aber wie kommt es, daß dort schon jemand steht? Vielleicht ist es nur eine Krähe. Menschen kann man höchstens als Brustbild wahrnehmen, Balustraden krönen die achteckige Gloriette, die das Kupfertürmchen trägt, jede Ecke ein geflügelter Löwe, ich blinzle kurz, wahrscheinlich sah ich für einen Moment das Türmchen wieder wie vor der Renovation, der schwarze Fleck ist ein Fries oder Ornament. Doch nein, das Türmchen ist nur mit Kupfer bekleidet, von jedem Schnörkel entblößt. Die ganze Villa steht wie ein nackter Kubus im Park, alle Fensterläden entfernt, der einstige Reithof sowieso längst niedergerissen, verschwunden die ihn umfassenden Stallungen und Remisen. So preisgegeben jedem Blick bis in den letzten Winkel ist heute die Villa, daß es unvorstellbar scheint, wie in einem vergangenen Jahrhundert sich hier Flüchtlinge und Rebellen aus Italien versteckten, zusammengepfercht in den Kammern unter den bemalten Dachböden, oder in eben jenen Stallungen und Remisen, zum Schlafen eingezwängt in einer Kutsche. Jetzt blitzt das grüne Kupfertürmchen in der Sonne auf. Die Gestalt ist immer noch dort, als starrte sie unverwandt zu mir herüber. Sie trägt einen schwarzen Hut mit breiter Krempe, fast verfalle ich einen Augenblick auf die Idee, einer der zwei Brüder, Besitzer der Villa und Beherberger der aufrührerischen Flüchtlinge, sei zurückgekehrt. Gleich wird er unten im Park wieder auftauchen, den erblindeten Bruder am Arm, tappend und schweigsam gehen sie durch die Alleen. Wie sind die exotischen Bäume und Sträucher, die sie mit solcher Leidenschaft pflanzten, in den Himmel geschossen, nur das Unterholz ist restlos gerodet, kein Ort mehr für heimliche Versammlungen, das Verfassen hitziger Aufrufe, auf einmal höre ich ein Klopfen an der Turmtür, das schon länger gedauert haben muß.

Unwillig, als würde ich gestört, eile ich die Treppe hinunter. Im Zwischengeschoß werfe ich einen Blick durch den Lichtschlitz zum Stadtpark hinüber, aber das Kupfertürmchen ist hinter der riesigen Magnolie weggekippt. Vor der Tür ist niemand. Doch am Ende der Plattform dreht sich eine dunkelhaarige Frau um, die mich mit sichtlich überraschtem Interesse mustert. Sie ist jung, mit glänzenddunklen Augen, das buschige Haar im Nacken mit einem Gummiband zusammengebunden, wie man es an Kiosken zum Einrollen von Illustrierten erhält. Ich habe den Eindruck, die junge Frau überlege sich ernsthaft einen Turmbesuch, jedenfalls kommt sie zurück und nähert sich mir, aber dabei betrachtet sie mich mit so abwägendem Blick, als hinge von ihrem Entschluß eine viel weiterreichende Entscheidung ab. Haben Sie viele Übernachtungen? fragt sie in einem Ton, als handle es sich bei dem Turm um ein Hotel. Ich will zurückfragen, haben Sie die Bedingungen für einen Turmbesuch gelesen? und deute mit der Hand auf die Orientierungstafel, doch sie kommt mir rasch zuvor, natürlich! ich habe mich über alles informiert. Ist morgen das Bett noch frei? Ich hätte einfach verneinen können. Aber alle meine Macht als Kustodin scheint auch nur ein paar Schritte außerhalb des Turms zu schwinden. Ich nicke vorbehaltlos und plötzlich fast mit Genugtuung, schließlich ist es meine erste Besucherin, mein Aufenthalt hier erhält Legitimität, und obwohl es nun wirklich nicht nötig gewesen wäre, sage ich: Ich merke Sie vor. Wie heißen Sie?

Die junge Frau steht bereits wieder am Ende der Plattform. Sie legt eine Hand auf den Halsausschnitt ihres T-Shirts, als hätte ich seinen ausgefransten Rand zu lang betrachtet, dabei dachte ich nur eben über die eigentümlich violett verwaschene Farbe nach, sie schweigt einen Augenblick, dann schaut sie mir gerade ins Gesicht und sagt: Victoria. Und darauf fährt sie fort, wie mit einem Anflug von Trotz, obwohl ich nicht glaube, daß ich mich auch nur in der geringsten Weise erstaunt gezeigt oder ihre verlatschten Turnschuhe fixiert habe, Victoria, wie die Wasserrosen auf dem Amazonas, mit den großen kreisrunden Schwimmblättern, auf denen man schlafen könnte, denn sie haben einen daumenhohen Rand, mein Vater wollte diesen Namen für mich, schreiben Sie: Victoria. Morgen abend bin ich zurück.

Ich gehe in den Turm zurück, überzeugt, daß mir die junge Frau nicht ihren richtigen Namen angegeben hat. Aber paßt Victoria nicht zu ihr? Sie hatte, trotz ihrer abgetragenen Kleidung, etwas so Eroberndes, eine instinkthafte Siegesgewißheit, die nur Menschen manchmal haben, die in Wirklichkeit aus allen Lebenssicherheiten herausgefallen sind. Ihr entschlossener Zugriff auf den Turm beunruhigt mich. Ich werde, um sie in Schranken zu halten, sofort mit der Kellerbeschreibung beginnen. Und warum will sie überhaupt erst am Abend kommen? Ein Turmbesuch verlangt mindestens die Dauer eines Nachmittags vor der anschließenden Übernachtung. Wie finde ich da noch Zeit, dieser Person die ganze Anlage zu vergegenwärtigen, die tunnelartigen Baumreihen, die Beschaffenheit der Fangnetze, die komplizierte Installation der an Schnüren oder Drähten befestigten Lockvögel, entweder am Boden der Lichtung oder auf erhöhten Bühnen? Aber mit den Lockvögeln, habe ich beschlossen, werde ich sowieso anfangen. Im Erdgeschoß des Turms, oft ein auf drei Seiten in den Hügel eingetiefter Keller, beginnt alles. Dort, in der lichtlosen Höhle, hängen an Mauerhaken die Käfige, mit den in der Dunkelheit abgerichteten Lockvögeln.

Als ich schlafen gehe, wird mir zum ersten Mal bewußt, daß mein Bett in diesem Folterkeller der Vögel steht. Stundenlang habe ich am Nachmittag in der Dokumentation darüber gelesen. Warum merke ich es erst jetzt? Umsonst rede ich mir zu, daß ich nur zwischen den Tannenholzbrettern eines Modells schlafe, und nicht zwischen vermoosten und feuchten Mauern, vollgesogen von den Schmerzensschreien, den Klagelauten der geblendeten Vögel. Ich wälze mich hin und her. Als mich endlich ein Traum erlöst, muß ich in meinem weißen Wagen rückwärts einen steil abfallenden Felsweg hinunterfahren, über holprige, wie von einem Erdbeben gegeneinandergeworfene Steinplatten. Der Himmel dunkelt mit unnatürlicher Geschwindigkeit. Die Scheinwerfer funktionieren nicht mehr, ringsum ertrinkt alles in Finsternis. Ich fahre nur noch schrittweise, verzweifelt den Kopf zurückgedreht, da legen sich von außen Kartonwände, von sattestem Schwarz, über jedes Autofenster. Mit letzter Kraft halte ich das Steuer fest. Aber plötzlich fühle ich, daß durch das Frontfenster eine Hand in den Wagen hereindringt, langsam, doch unausweichlich auf mich zu. Rettung? Todesstoß? Ich erwache. Durch die offene Treppe fällt, wie durch einen Trichter, sanfte Nachthelligkeit auf mich herab. Auf dem Quai entfernen sich beinahe geräuschlos heimkehrende Inlineskater. Morgen kommt Victoria.

Vierter Turmtag

Die Polenta brauche ich wohl nicht weiter zu erwähnen. Wie ein Frosch hockt jeden Tag die grüne Plastikbox vor meiner Tür. Gestern waren mit einer Gabel Wellenlinien hineingezogen. Ob der Überbringer der Polenta sich über mich lustig macht? Heute bin ich früher als sonst aufgestanden. Schon stehe ich bewegungslos hinter den halbgeschlossenen Fensterläden im obersten Geschoß. Warum muß ich diesen Dachboden, verloren geglaubt in der Kindheit, so bald teilen mit einer Besucherin? Nur in jenem vergessenen Raum unter dem offenen Dachstuhl, an seinen Grenzbezirken immer in Dämmerung getaucht, gelang mir mein früher Wunsch, unsichtbar zu werden. Ich mußte bloß lange genug mit angezogenen Knien sitzen bleiben, ohne mich zu rühren, und das Unsichtbarkeitswerk nahm seinen Lauf. Auf dem Dachboden gab es einen einzigen Schrank, hoch und schmal. Er barg das Ballkleid meiner Mutter aus hellblauem Taft und ihr Hochzeitskleid. Diesem Schrank setzte ich mich gegenüber. Sein Lack war, unter dem Einfluß von Hitze und Kälte, gesprungen. Oder vom Tumult der Erinnerungen in seinem Innern? Meist gelang es mir nicht, unter den wachsamen Augen meiner Mutter den für diesen Dachbodenschrank nötigen Schlüssel zu entwenden, der in einem zentralen Schrank in der Wohnung aufbewahrt wurde. Aber allein sein Anblick beschäftigte mich genug, um reglos davor zu verharren und langsam in meine Unsichtbarkeit hineinzuwachsen. Ohne die Schranktür zu öffnen, sah ich das hellblaue Ballkleid meiner Mutter vor mir, den pompösen Schnitt, über dem Taft einen hauchdünnen Schleier, der sich bauschte und den ganzen Innenraum mit seinem Gewölk erfüllte, und in den Fingerspitzen spürte ich genau, wie der Taft sich anfühlte, etwas steif und an manchen Stellen schon brüchig. Daneben hing, von schlichter Eleganz, das weiße Hochzeitskleid. Meine Eltern hatten kurz vor Kriegsende geheiratet, und vielleicht hatte meine Mutter das Kleid diesem Umstand anpassen wollen. Jedenfalls wäre es in jenen Zeiten niemandem in den Sinn gekommen, ein Brautpaar mit Reis zu bewerfen, dafür gab es, als etwas Besonderes und Seltenes, weißen Reis als Vorspeise. Und noch bevor ein Jahrzehnt um war, landete das lange Hochzeitskleid auf dem Nähtisch der Schneiderinnen, Schnittmuster für das Erstkommunionkleid von uns Kindern wurden darauf geheftet und das Brautkleid, wie es damals Brauch war, zu diesem Zweck aufgetrennt und unwiderruflich zerschnitten. Zur Gänze konnten wir schließlich das Hochzeitskleid meiner Mutter nur noch in ihrem Album bewundern, wo Zwischenseiten aus Pergament mit Spinnennetzen sich über jedes Foto legten, als versänken jene Bilder bereits unter dem Gespinst einer fernen Epoche. Aber noch hängt das Hochzeitskleid im Schrank. Wenn ich die Augen schließe und den Atem anhalte, höre ich den Schleier des Ballkleids zärtlich die Innenwand des Schranks entlangstreichen. Im Kamin jault der Wind oder brodelt an kalten Herbstabenden die aufsteigende Wärme, die meine Mutter im riesigen Kohleofen unten in den Kellerwelten entfacht, und fern, gedämpft, gar nicht als wohnte er im Innern des Hauses, sondern als Specht in den Bäumen des Gartens, klopft und trommelt mein Vater auf der Schreibmaschine. Seite um Seite, ein Endlosband, liefert mein Vater aus seinem luftigen Reich das mit seinen Artikeln bedruckte Zeitungspapier, das auf dem Kellerboden sich in von mir zerknüllte Büschel umwandelt, mit denen meine Mutter das Feuer im Kohleofen zum Auflodern bringt. Höre ich auf dem Dachboden das letzte Flackern der Zeitungsfetzen im Kamin, oder ist es bereits das Rauschen der hier so nahen Baumwipfel? Vielleicht haben nur die von den Balken herabbaumelnden Palmsonntagszweige geknistert. Ich aber bin längst unsichtbar geworden, berauscht von meiner Unauffindbarkeit, nichts als ein verzückter Bestandteil des Hauses, das ich nie verlassen werde. Mein Vater, in seinem Arbeitskittel ein wirklicher Grauspecht, denn der Kittel ist aus grauem Leinen und so verkleistert, daß er wie ein Federkleid absteht, lockt mit seinem Klopfen und Hämmern auf der Schreibmaschine eine ganze Versammlung von Kohlmeisen, Rotkehlchen und Buchfinken an sein Fenster. Sie erhoffen sich ihren Anteil an seinen Funden, die er mit seinem langen Schnabel aus den Zwischenräumen der Tasten herausklaubt, Raupen, Insekteneier, Ameisen, Samen. Und er steht tatsächlich auf, streut Brosamen für sie auf den Fenstersims, sie sind unglaublich zutraulich, seine Schützlinge, seine guten Geister, die Einflüsterer der zündenden Gedanken, sagt er, deshalb darf ich, unter keinen Umständen, eine Katze haben. Auf dem Dachboden, in dieser lichten Höhe, wo die Amseln auf der Traufe so laut jubilieren, als würde ihr winziges Herz dabei zerspringen, verstehe ich ihn. Aber manchmal, in aller Heimlichkeit, übe ich Verrat und trage aus den Wiesen jenseits der Gartenmauern, eingeschlagen in meine aufgeknöpfte Jacke, ein warmes zitterndes pelziges Wesen in die Kellerwelten, spiele mit ihm Verstecken zwischen den Holzscheitbeigen und drücke mein Gesicht in sein nach Moos und wilder Pfefferminze duftendes Fell, bis es mir wieder entläuft. Hat meine Mutter, die sterilisierten Kirschen auf Schimmel überprüfend, es in einem Augenwinkel gesehen?

Jemand ruft nach mir. Habe ich schon wieder ein Klopfen überhört? Fast errötend öffne ich die Tür. Der Sekretär steht mit nach hinten geneigtem Oberkörper vor dem Turm, den Blick auf das Dachgeschoß gerichtet. Und noch bevor er mich wahrnimmt, weiß ich plötzlich, an wen mich diese etwas übertrieben gesteigerte Aufmerksamkeit, die mich bereits auf der Stadtverwaltung kurz verwirrte, erinnert. Wie weit liegt das zurück! Und versetzt mich noch immer in solche Wärme, soviel hoffnungslose Erregung? Da sind Sie ja! ruft der Sekretär, wie sieht es mit den Besuchern aus? Nicht schlecht, sage ich, wenn nur der Turm etwas unauffälliger wäre, getarnt durch Geißblatt oder Zaunwinde, oder einfach von Efeu überwachsen. Schließlich fügen sich solche Türme in dieser Gegend, auch wenn sie nicht mitten in einem Wald verfallen, sondern auf einem exponierten Punkt stehen, durchaus so in die Natur ein, als hätte man lediglich zu den Bäumen, den Hügeln, dem Himmel ein weiteres Element hinzugefügt. Aber gerade deshalb, unterbricht mich der Sekretär, will niemand an ihre Funktion erinnert werden! Möchten Sie vielleicht, daß eine Esche Ihren Turm spaltet, oder Farnsträucher aus Ihrer Matratze wachsen? In den Augen des Sekretärs blitzt plötzlich diese Lust an Herausforderung auf, an renitentem Infragestellen von allem, der ich einmal restlos verfallen bin, ohne zuallererst mich selbst in Zweifel zu ziehen. Doch ich darf mich nicht so zerstreuen lassen, jetzt steht nur der Sekretär vor mir. Eben hält er den Kopf etwas schief und betrachtet mich seinerseits. Dieselben grünlichen Augen, denke ich von neuem, diese stets wie verdutzten Augen, verdutzt, daß überhaupt eine Berührung mit Worten stattfindet, eine Einsamkeit die andere streift. Der Sekretär macht einen raschen Schritt auf mich zu, rasch, doch beinahe linkisch vor Scheu, die Polenta, sagt er, war übrigens meine Anordnung.

Der Sekretär scheint überaus zufrieden mit der Wirkung seiner Worte auf mich. Sie werden bemerkt haben, sagt er, die Portionen sind großzügig berechnet. Besucher können daran teilhaben und so eindringlich nachempfinden, wie fade es war, zumindest für die Mehrheit der Bevölkerung, tagaus tagein diesen Brei zu essen, höchstens an Festtagen durch den Geschmack einer mitgekochten Speckschwarte angereichert, und weshalb gebratene Bachstelzen oder Lerchen, auf der Polenta thronend, einen Leckerbissen darstellten. Obwohl es dann doch wieder nur die Vermögenderen waren, die solche Vogelfanganlagen für die großen Wanderzüge über die Alpen errichten konnten, einige Beobachtungstürme sind mit Marmorkaminen und raffinierten Fresken, den pompejanischen nicht unähnlich, ausgestattet. Auch Ihr Turm hier hat in Wirklichkeit zwei Kamine, das eine im Zwischengeschoß, wo Sie täglich die Polenta rühren könnten, das andere im obersten Geschoß für den Vogelsteller, damit er in der feuchten Morgenkühle nicht erstarrte. Über die Nachbildung dieser zwei Kamine hatte ich mit dem Architekten am Schluß das heftigste Streitgespräch. Jede Annehmlichkeit verhindert die Erfahrung, war sein Standpunkt, sie erhöht nur das Grauen, sagte ich, doch er war strikt dagegen. Alles in der Vorstellung! rief er wiederholt aus, die ganze Komposition des Orts in der Vorstellung! dann können Sie gleich das ganze Modell ins Wasser werfen, sagten wir von der Stadtverwaltung, nur der Turm zählt! schloß der

Architekt apodiktisch. Sie wissen nicht, wieviel List ich aufwenden mußte, um ihn zur Sache mit der Polenta zu überreden, Sie lieben offenbar krude Rituale, hat er zu mir gesagt, aber gibt es etwas Besänftigenderes, als abends, wenn der Tag verlöscht, mit einem anderen Menschen, den man nie begreifen wird, Polenta zu essen?

Ein Schiff fährt mit lautem Rauschen in die Bucht ein. Auf dem Freiluftdeck sind die Menschen aufgestanden und schauen zu uns herüber. Der Sekretär stockt und macht eine komische Geste, als wolle er sich für seine Gesprächigkeit entschuldigen. Womit beschäftigen Sie sich auf der Stadtverwaltung, frage ich, die üblichen Dienstleistungen, sagt der Sekretär, manchmal helfe ich zusätzlich im Katasteramt aus, die restliche Zeit widme ich ganz der Untersuchung der nächtlichen Lichtglocke über unserer Stadt. Wie bitte? Es dürfte Sie interessieren, sagt der Sekretär, es herrschen ja kaum noch irgendwo natürlich dunkle Nachtverhältnisse. Eine zunehmende Lichtepidemie grassiert weltweit, auch bei uns werden Häuser und Plätze mit flutlichtähnlichen Anlagen in Szene gesetzt, nächstens wird man die beiden Kegelberge von der Bucht aus anstrahlen und als Werbeträger benützen! Diese Lichtglocken sind übrigens auch verheerend für die Zugvögel, geraten die Vögel auf ihrem Flug in einen solchen Lichtsog, finden sie nicht mehr aus ihm heraus und gehen nach stundenlangem Kreisen zugrunde. Aber am katastrophalsten wirkt sich jede künstliche Lichtquelle für die Insektenfauna aus, in einer Nacht kommen Milliarden von Insekten zu Tode, auch die Lichtglocke über unserer Stadt ist ein Massengrab! Haben nicht überhaupt die Insekten, nach dem nun mehr als hundertjährigen Verbot des Vogelfangs, die meisten Feinde? Der Sekretär hält plötzlich inne und schaut mich nachdenklich an, als wäre auch ich ein Insekt in Gefahr. Oder vielleicht doch eher ein Vogel, eine stahlblaue Schwalbe, die vor seinen Augen langsam, Flügel um Flügel, einen Nachtfalter zerfetzt und zerstückelt und ihn schließlich, zwischen stakkatoartigen, anmutigen Hüpfern, auffrißt?

In diesem Augenblick entdecke ich die grüne Plastikbox, die nicht an ihrem üblichen Platz steht, sondern umgekippt am Rand der Plattform. Ich bücke mich nach ihr, sie ist ja völlig zerkratzt! rufe ich. Der Sekretär runzelt die Stirn und kauert sich zu mir nieder. Der Deckel der grünen Box ist aufgerauht von rabiaten Kratzspuren. Das waren keine Fingernägel, sagt der Sekretär, nein, schon eher Krallen. Er erhebt sich jäh, als wäre er mir, an meiner Seite vor der Box kauernd, zu nahe gekommen. Verzeihen Sie, ich muß zurück in die Stadtverwaltung, fast hätte ich die Nachmittagssitzung verpaßt! Der Sekretär entfernt sich rasch, schon verschwindet er hinter den Platanen am Quai. Ich trage die grüne Plastikbox in den Turm hinein, nicht gerade angewidert, doch vorsichtig. Die

Box ist aber mit Bestimmtheit nicht geöffnet worden, die Polenta, unangerührt, dampft noch. Dennoch muß ich mich zum Essen zwingen. Ich setze mich mit der grünen Plastikbox auf die Treppe im zweiten Stock, um durch den Lichtschlitz Victoria kommen zu sehen. Wie ist nur der Sekretär in diese Stadt gelangt? In einer dunklen Ecke, irgendwo auf der Welt, liegt ein kleiner Stapel Briefe, verschnürt und nie mehr geöffnet, ein verworrenes Gekritzel von Buchstaben, hingeschrieben in Hast, Verlangen, Verzweiflung, auf Zetteln, Pappdeckeln, Umschlagfetzen, übersät von bräunlichen Flecken. Gestocktes Blut? Winziger Kot? Nein, nicht von getrockneten Blüten oder Gräsern, sondern gepreßten Mücken, von denen ich nie wußte, hatten sie sich während des Schreibens zwischen den Buchstaben niedergelassen, oder waren sie eigens für mich zerquetscht worden, so wie ich überhaupt diese Insektenbotschaften nicht begriff, die Abwehr meines Liebesansturms, den Schrecken, die Panik.

Als es bereits dunkelt und das chaotische Gehupe des Grenzverkehrs längst seinen Höhepunkt überschritten hat, taucht Victoria auf, in ihrem violett verwaschenen T-Shirt, an jeder Hand mehrere vollbeladene Plastiksäcke. Im Turminnern läßt sich Victoria unverzüglich mit ansteckender Fröhlichkeit auf mein Bett fallen. Bitte, sage ich etwas förmlich, Ihr Bett steht im Dachgeschoß. Wirklich?! lacht sie, packt ihre Plastiksäcke und geht die Treppe hoch. Ich muß Ihnen noch dieses unterste Geschoß erklären, den Keller des Beobachtungsturms, sage ich jetzt doch ziemlich ungehalten, und wie Sie sich die ganze Anlage vorzustellen haben, auf einem Hügel, in einer Waldlichtung, oder über einem Rebberg, können wir das nicht oben erledigen, fällt mir Victoria ins Wort und zieht sanft, aber nachdrücklich ihre Plastiksäcke ins zweite Geschoß hinauf. Als ich auf dem Dachboden ankomme, sitzt sie schon auf dem Bett. Auf einmal bemerke ich, wie verschwitzt und übernächtigt sie aussieht. Sie können das Lavabo im untersten Stock benützen, beginne ich zögernd, der das Erdgeschoß des Turms darstellt, meist ein auf drei Seiten in den Hügel eingetiefter lichtloser Raum, gewölbt wie eine Grabkammer. In die Mauern sind Haken eingeschlagen, an denen Käfige mit den gefangenen Lockvögeln hängen, oft Amseln, wegen ihres vollen Gesangs, aber auch Buchfinken, mit ihrer großen Ruffreudigkeit, den Überschlägen am Ende ihrer schmetternden Triller, und manchmal sogar ein Zeisig. Dieser gesellige kleinste Wintergast, wie vermag er doch die anderen Durchzügler mit seinem unentwegten Zwitschern anzulokken, ihn zu blenden erfordert besonderes Geschick, geradezu chirurgisches Talent. Seine Punktaugen sind zierlicher als die jedes anderen Finken, er flattert anfangs immer so aufgeregt im Käfig, daß der Kellerboden übersät ist mit gelben und grünen Federchen, endlich hat er sich an die Dunkelheit gewöhnt. Langsam nähert sich der Vogelfänger mit einer glühenden Nadel seinen aufgesperrten Augen, die Nadel trocknet diese augenblicklich aus, die Klagelaute des Zeisigs, pfeifend, schrill und hoch, erfüllen den Keller, Victoria hat sich plötzlich im Bett aufgerichtet. Sie schaut mir gerade ins Gesicht. Aber im Turm ist es bereits so finster, daß ich ihren Blick nicht erkennen kann. Entschuldigen Sie, sage ich, wir sind hier ohne elektrisches Licht. Aber Victoria hat sich schon zur Wand gekehrt. Ich wecke Sie morgens um halb sechs, füge ich, mich auf dem Treppenabsatz nochmals umwendend, hinzu, und erst da fällt mir auf, daß Victoria ihre Plastiksäcke wie eine Festung rund um ihr Bett plaziert hat.

Fünfter Turmtag

Am Morgen wache ich verspätet auf. Ich habe so unruhig geschlafen! Und jetzt ist es schon hell. Ich horche ins Dachgeschoß hinauf, aber nichts als Stille kommt von dort her. Nur aus dem Stadtinnern hört man das Anfahren der Busse, das Kreischen von Bremsen, Stimmen in den offenen Bars. Ich ziehe mich rasch an und eile auf den Dachboden. Victoria hat nahezu nichts von den Turmfakten erfahren, weder von den Baumkorridoren noch von den Fangnetzen, ganz zu schweigen vom vielfältigen Inventar der Schreckmittel. Zumindest am Ausguck muß sie länger gestanden haben, um etwas vom Ausharren im Morgenfrost zu begreifen. Auf der obersten Treppe streift mich ein kühler Luftzug. Die Fensterläden im Dachgeschoß sind geöffnet. Victorias Bett ist leer. Nur die beladenen Plastiksäcke stehen wie gestern ums Bett herum, und an einem Fensterladenhaken baumelt, vor dem durchsichtigen Morgenhimmel, Victorias violett verwaschenes T-Shirt. Die ersten Lichtstrahlen fallen darauf. Und auf einmal, sich leicht im Wind bewegend, beginnt die verfleckte Vorderseite zu changieren, von einem stumpfen Blaurot bis zu einem tiefen Purpur, als hätte ich, den schmutzigen Plastiksäcken zum Trotz, eine fürstliche Fremde beherbergt.

Aus Pflichtgefühl, oder doch eher Neugier, werfe ich einen Blick in die Plastiksäcke. Ein weiteres Paar abgetragener Turnschuhe, zerdrückte Kleider, ein Kamm, ein beschädigter Klappspiegel. Die Plastiksäcke sind aus verschiedenen Warenhäusern der Stadt. Ich betaste Victorias Bett, es fühlt sich kühl an, man könnte glauben, niemand hätte darin geschlafen. Die Leintücher sind straffgezogen. Daß ich überhaupt nichts von Victorias Fortgehen bemerkt habe! Dieser nicht enden wollende Morgentraum muß daran schuld sein. Immer noch ist mir, ich sei in Sizilien und trete in den dunklen Gutshof ein, wo ich den Gutsverwalter heiraten soll, ich sehe ihn von weitem, am Ende der Zimmerfluchten, im Kontor über die Bücher gebeugt. Hinter seinem Kopf brennt eine grelle Lampe. Es ist sehr still in dem Haus, dem Gutsverwalter, groß und jung, fällt eine Haarsträhne in die Stirn, er wirkt etwas melancholisch, Zärtlichkeit für ihn ergreift mich. Warum nur habe ich ihm auch die Verwaltung meiner eigenen Güter aufgebürdet, wie konnte ich überhaupt in diese Verwechslung der Zuständigkeiten hineingeraten! Plötzlich stehen alle Leute des Gutshofs in einer Schar um mich herum. Ich rufe ihnen zu, ich wolle nur noch rasch die Gegend anschauen, ob ich hier leben könne. Die Landschaft ist unvorstellbar weit, mitten in den sizilianischen Hügeln liegt der Vierwaldstättersee, ducken sich die pyramidenförmigen Berge meiner Kindheit, nur ziemlich schräg abgewinkelt, doch da beugt sich jemand über mich und umarmt mich mit einer ungestümen Entschlossenheit. Diese Sommersprossen, die grünlichen Augen, es ist der Gutsverwalter! Ich umarme ihn wieder, und schon lange wach, flammt jenes ganze Gefühl für ihn lichterloh aus der Vergangenheit empor.

Ich schiebe die Fensterläden auf dem Dachboden auseinander. Seit drei Tagen dauert der Nordwind an. Heute morgen ziehen die ersten Wolkenschlieren hinter den Bergen auf, das Dunkelblau des Himmels wirkt verdünnt, das Gekräusel des Sees weicht da und dort einer seidenglatten Fläche. Die leuchtenden Weiß- und Ockertöne der Hotels an der gegenüberliegenden Seepromenade verblassen, diese Paläste aus früheren Jahrhunderten, die so oft Fassade, Namen und Besitzer wechselten, die berühmt waren für die lombardische Schlichtheit der Innenausstattung, einfaches Mobiliar in Nußbaum, nichts sollte das grandiose Panorama der Bucht dämpfen. Später in den Eßsälen Thonet-Stühle, Rattansessel für die Veranden, nüchterne Bäder wie in einem Spital, Luxus eher in den Stukkaturen, Tapeten, Vorhängen, Pflanzen, und in den alten Barockgärten eigene Fischteiche, Volieren, weiter Pferde und natürlich das Privatschiff für Ausflüge auf dem See. Mit den neuen Salons im transatlantischen Stil glaubte man sich auf der Höhe der Zeit, aber sie waren nur der Vorschein sich überstürzender Veränderungen. Beute von Brand und Konkurs, eröffnet eine pompöse Ruine die Reihe der chamäleonartig sich wandelnden Hotels bis zu jenem langgezogenen gelben Gebäudekomplex mit den Palmen vor dem Eingang, meinem Zitronenhaus.

Victoria wird also zurückkehren. Was für andere Besucher vielleicht das Abschreckendste wäre, die geforderte Turmübernachtung, scheint ihr gerade begehrenswert zu sein. Als ich nochmals die Aufstellung ihrer Plastiksäcke überprüfe, kommt es mir vor, als hätte sie sich fast schon häuslich bei mir eingerichtet. Daß sie gestern abend, bei ihrer offensichtlichen Müdigkeit, nichts mehr vom Blenden und Abrichten der Lockvögel, auch keine Details über das Kellergewölbe hatte hören wollen, ist mir verständlich. Bin ich etwa früher freiwillig in den Keller hinabgestiegen? Nur eine dringende Aufforderung meiner Mutter konnte mich dazu bewegen und die Aussicht, beim Vorbeigehen einen Zipfel des weißen Leintuchs über dem Sterilisierhafen hochzuheben. Es handelte sich um einen Sterilisierkochtopf, aber meine Mutter sprach immer vom Sterilisierhafen, was ich stets mit dem Föhnhafen verband, eine tiefer ins Land hineinversetzte Landungsstelle für die großen Raddampfer des Vierwaldstättersees, deren durchdringendes Horn oft bis in meinen Schlaf hinein vorstieß und die bei Föhnsturm allein an diesem geschützteren Ort anlegen konnten. So wie der Föhnhafen nur in Ausnahmezuständen benützt wurde, so zog meine Mutter den Sterilisierhafen nur noch selten unter dem weißen Leintuch hervor. Er thronte auf einer Kellerkommode und träumte unter seiner Verhüllung dem verstummten Summen und Brodeln in seinem Innern nach. Nie verließ ich den Keller, ohne das Leintuch zu lüften, matt blitzte der metallfarbene Sterilisierhafen auf, ich preßte mein Ohr an die kühle Außenwand und horchte, aber er blieb grabesstill. Nur meiner Mutter schien er, während des Sterilisierens, irgendwelche Orakel mitzuteilen. Sie vertraute der Quecksilbersäule im Thermometer nie ganz, sondern neigte von Zeit zu Zeit den Kopf zum Sterilisierhafen hinab und lauschte, um sich zu vergewissern, daß der Inhalt leise kochte, dann erst überflog erlöste Genugtuung ihr Gesicht.

Die Inthronisierung des Sterilisierhafens war nur der Höhepunkt vorangegangener Aufregungen. Es klingelte an der Haustür, und im offenen Eingang standen von schwarzen Kirschen überquellende Körbe. Oder wir hörten, schon vor dem Klingeln, den gleichermaßen von Entzücken und Schrecken erfüllten Ruf der Mutter: die Lauerzer Kirschen! Mein Vater kam strahlend aus seinem Arbeitszimmer, er war zwar absolut hilflos dieser Kirschenbescherung gegenüber, aber sein unentwegtes Entwerfen und Formulieren, erprobt in so vielen erfolglos scheinenden Reden an die versammelten Vögel vor seinem Fenster, hatte plötzlich eine Wirkung erzeugt. Fast war er es, der sich bei den dankenden Leuten bedankte, und auch für uns Kinder grenzte diese Umwandlung von Wörtern in den Hauseingang füllende Körbe voller schwarzglänzender Kirschen ans Wunderbare. Wer praktisch damit fertig werden mußte, war meine Mutter. Da sie überraschenderweise einmal erklärt hatte, sie würde im Grunde gern ein Hotel führen, am liebsten mit immer neuen Gästen von möglichst weit her, überließ ihr mein Vater großzügig die Organisation der Kirschen, obwohl diese nur aus Lauerz kamen. Kaum waren die Leute verabschiedet, straffte eine unerhörte Energie den Körper meiner Mutter. Ans Werk! rief sie, je frischer die Kirschen, desto besser! Alle Tagespläne wurden über den Haufen geworfen und der Sterilisierhafen aus seinem Interregnum befreit. Meine Mutter, allen Modernisierungen zugeneigt, war bei den meisten Früchten längst zum bloßen Heißeinfüllen übergegangen, nur für Birnen und Kirschen behielt sie die alte Sterilisiermethode bei. Die Birnen, behauptete sie, blieben weißer, aromatischer und vollkommener in der Form, und die schwarzen Kirschen seien hinter den neuen dunkelgrünen Bülacher Einmachgläsern einfach nicht mehr kontrollierbar. Es würde sie verrückt machen, durch die nachtgrünen Gläser zu starren, die uns übrigens dafür bei der nächsten Sonnenfinsternis nützlich sein würden, um zu überprüfen, ob sich die Flüssigkeit am Boden der Gläser trübe, Bläschen aufstiegen, oder bereits Schimmel entstünde. Hingegen die durchsichtigen hohen Sterilisiergläser! Diese mußten nun, in aller Eile, mit den dazu passenden Glasdeckeln, Gummiringen und Drahtbügeln aus dem Keller heraufgebracht werden, der begeisterte Vater wurde in sein Arbeitszimmer verbannt und an uns Kinder auf der Küchenschwelle ein kategorisches Drinnen oder Draußen! Keine Unterbrechungen mehr! gerichtet. Die einmal eingefüllten Sterilisiergläser ertrugen nämlich nicht den geringsten Luftzug oder gar Durchzug. Sie durften sich übrigens im Sterilisierhafen, ganz ihrer Empfindlichkeit entsprechend, nirgends gegenseitig berühren. Meine Mutter wandte sich ihnen denn nun auch in vollendeter Konzentration zu und sprach kein Wort mehr mit uns. Die Kirschen hatte sie bereits entstielt, gewaschen und schichtete sie jetzt sorgfältig in die heiß gespülten Gläser. Zu unserem Erstaunen stieß sie diese von Zeit zu Zeit plötzlich kräftig auf ein mehrfach zusammengelegtes nasses Tuch. Dann goß die Mutter eine Zuckerlösung über die eingefüllten Kirschen, verschloß die Gläser, stellte sie ins Wasser des Sterilisierhafens, deckte auch diesen zu, setzte das Thermometer ein, und langsam, kaum hörbar, wie aus weiter Ferne, erhob sich majestätisch das Summen der vergessenen Melodie.

Victorias Plastiksäcke lassen mir keine Ruhe. Wenn sie etwas Feuergefährliches darin verstaut hat? Schließlich bin ich für den Turm verantwortlich. Unter zerknitterten T-Shirts, vielleicht einmal weiß gewesen, doch nun alle mit dieser blauvioletten Färbung, kommt eine alte Jeans zum Vorschein. Die Hosenbeine sind mit unregelmäßigen Stichen enger genäht worden. Sogar hier, in der Kniegegend, diese wie von Tinte oder Blut verursachten Flecken! Ungeniert wende ich die Taschen um, kein einziger Papierfetzen fällt heraus, nicht einmal ein Busbillet. Über Victorias Herkunft finde ich, in allen Plastiksäcken, kein Indiz. Bei den Kleidern ist die Fabrikationsetikette herausgeschnitten, der Kamm ist aus Kunststoff, der Klappspiegel, dessen Vergrößerungsseite gesprungen ist, könnte von überall her sein. Sie hat aber einen fremden Akzent, und erwähnte sie nicht den Amazonas? Leider darf ich, so die Turmregel, keine Fragen nach der Identität der Besucher stellen. Strenggenommen war schon meine Erkundigung nach Victorias Namen ein Verstoß. Außerdem muß, zumindest von meiner Seite, nach Einbruch der Dunkelheit Stillschweigen beobachtet werden. Das wird mich, falls Victoria wieder erst so spät im Turm eintrifft, noch in Schwierigkeiten bringen. Jedenfalls werde ich bei meinen Ausführungen unterschlagen, daß es sich bei dem Dachgeschoß, wo sie schläft, um den sogenannten Kommandoraum handelt. Was würde sie sich sonst noch anmaßen?

Sechster Turmtag

Gestern abend glaubte ich wirklich nicht mehr, daß Victoria noch kommen würde. Ich stand oben im Dachgeschoß und überlegte, ob ich die vollbeladenen Plastiksäcke vor den Turm hinaus auf die Plattform stellen sollte. Da ich die Fensterläden noch nicht zusammengeschoben hatte, warf ich doch hin und wieder einen Blick auf den Quai hinunter, wo ein paar Kinder eine lange Zeile aus umgestülpten weißen Wegwerfbechern formiert hatten, zwischen denen sie auf ihren Inlineskates herumturnten und je nach Geschick einen rasenden Slalom hinlegten oder die Becher der Reihe nach, wie bei einem Dominoeffekt, umwarfen. Die Kinder verhielten sich erstaunlich leise, als wollten sie niemanden auf ihr spätes Spiel aufmerksam machen, nur unterdrückte Anfeuerungsrufe waren zu hören, manchmal das Scheppern der Becher, oder ein jubelnder Schrei. Die Sommermonate sind vorbei, da der ganze Quai, von der monumentalen Hotelruine jenseits der Bucht bis hier zum Stadtpark, für den Verkehr gesperrt und den Inlineskatern freigegeben wird, und eine ungeheure Masse flanierender Menschen, von denen niemand weiß, wo sie überhaupt hergekommen sind, sich über die Seepromenade ergießt, spontane Gassen für die heranflitzenden Inlineskater bildend, Menschen verschiedenster Sprache und aus allen Kontinenten. Bis weit über

Mitternacht schwärmen sie den Quai auf und ab, hin und zurück, am Rand des von Lichtern gesprenkelten schwarzen Wassers, wie in irgendeiner Stadt am Mittelmeer, oder in einer der südlichen Metropolen, wie sollte man bei den kegelförmigen Bergen nicht daran denken, in einem Golf auf der anderen Seite des Atlantiks.

Fast zum selben Zeitpunkt, als mir war, Victoria durchquere den Schein einer Lampe unter den Platanen, bemerkte ich das Mädchen, das sich aus der Gruppe slalomfahrender Kinder gelöst hatte und still in der Nähe des Turms stand. In der fortgeschrittenen Dämmerung konnte ich gerade noch erkennen, daß es einen Pagenschnitt hatte, schwarze Schoner an Ellbogen und Knien trug, von schmaler Gestalt war, und mit einem Arm langsam, doch unermüdlich zu mir heraufwinkte. Unwillkürlich beugte ich mich aus dem Dachgeschoßfenster und winkte zurück, worauf das Mädchen keineswegs seine Armbewegung beschleunigte, was sonst die Gewohnheit von Kindern ist, sondern auf dieselbe Art von vorher fortfuhr, als winkte es schon seit Tagen so, und es tat dies mit einer Ernsthaftigkeit, daß tiefe Sehnsucht mich ergriff.

Jetzt aber betrat Victoria tatsächlich die Plattform. Rasch schob ich die Fensterläden zusammen. Im Zwischengeschoß wollte ich durch den Schlitz nochmals das Mädchen sehen, doch da war es, wie eine phosphoreszierende Lichtzeichnung plötzlich erlischt, bereits in der Nacht verschwunden. Sie kommen spät, sagte ich zu Victoria unter der offenen Tür, im Turm müßte jetzt eigentlich Stillschweigen herrschen. Haben Sie die Besuchsbedingungen so flüchtig gelesen? Aber das Bett ist doch noch frei, fragte Victoria rasch zurück und setzte sich auf mein Nicken, vor Erleichterung sichtlich zerstreut, in höflicher Zuhörerhaltung erneut auf mein Bett. Ich unterließ einen Kommentar und begann unverzüglich, nicht immer werden die Lockvögel mit einer glühenden Nadel geblendet, manchmal entwöhnt man sie einfach nur langsam des Lichts, bis sie hier im Keller in der Finsternis vor sich hinvegetieren. Zum Sommerbeginn reißt man ihnen nach bestimmten Regeln die Flügelfedern aus. Noch vor September bringt man die Vögel, übrigens meistens Amseln, stufenweise ans Licht zurück, und dieses Erlebnis der wiederkehrenden Helligkeit und das Nachwachsen der Flügel läßt sie glauben, es sei Frühling, und sie singen, singen bis spät in den Oktober! Amselweibchen, die nicht als singende Lockvögel eingesetzt werden können, fuhr ich mit fester Stimme fort, da Victoria immer häufiger die Augen zufielen, befestigt man mit Fäden, Schnüren und Drähten an den Zweigen der Bäume, daß sie flattern und zappeln, aber nicht wegfliegen können. Der Vogelfänger kann auch vom Turm aus eine solche Amsel an der Schnur führen und sie durch geschicktes Ziehen zum Flattern zwingen, wobei die Beine der Tiere meist brechen. Anderen Amseln stutzt man nur die Flügel und läßt sie auf der Lichtung herumhüpfen, und so werden die Lockvögel auf verschiedenste Weise Komplizen des Vogelfängers und erwecken durch ihr Geflatter, Gepiepse und Gezwitscher und dem einem heiteren Tumult ähnlichen Lärm bei den herannahenden Zugvögeln den Eindruck eines sicheren Orts.

Victoria schwankte. Gleich würde sie umkippen. Und noch in meinem Bett einschlafen! Ich hustete laut und künstlich. Der beste Schnurzieher unter den Vogelfängern, fuhr ich fort, ist derjenige, der am Abend seine Lockvögel noch lebend vorweisen kann, Victoria öffnete die Augen und sah mich an. Wie erschrokken erhob sie sich. Verhalten gluckten die Wellen, der Turm schaukelte spürbar. Ich kenne Sie, sagte Victoria. Sprachlos holte ich, nach einer langen Pause, eine Kerze, setzte sie angezündet auf eine Treppenstufe und nahm daneben Platz. Victoria wirkte jetzt ganz wach. In ihren Augen glänzte etwas wie Triumph. Und wie sie so im Kerzenschein vor mir stand und einen langen Schatten auf die Turmwand warf, hatte ich auf einmal das Gefühl, ich sei ihr Gast hier im Turm. Ich kenne Sie, wiederholte Victoria. Oder wissen Sie vielleicht nicht mehr, wie Sie eines Tages im Vorsommer, als es ununterbrochen regnete, mit einem riesigen Ginsterstrauß im Arm dort in dem gelben Hotel, Victoria wies mit dem Arm im Dunkeln in die Richtung des jenseitigen Ufers, tropfend vor Nässe in der Réception standen und, kaum angemeldet, nicht etwa den Lift benützten, sondern sofort die Treppe hinaufgingen, auf dem blauen Teppich eine feuchte Schmutzspur hinterlassend? Victoria hat noch weitergeredet, mich an dies und jenes erinnernd, sogar mit einem Aufwischlappen habe man sie uns hinterhergeschickt. Ich aber sehe nur die leeren Hotelgänge vor mir, wie stille Straßen im Regen, wo jedes Zimmer ein Hospiz darstellt, ja, und der Teppich ist blau, von einem sanften Blau, das einen unwiderstehlich die Treppen hochzieht, das Zimmer mag noch so weit oben liegen, hinauf, hinauf, um alles zu vergessen, den Tag, die Stunde, das Jahr, ich drücke das Gesicht in den nassen Ginsterstrauch, die klebrigen Blüten haften an meinem Haar, wie Wüstensand zerrinnt das gelbe Hotel im Regen.

Victoria war es nun, die mich aufschreckte. Gute Nacht, sagte sie, ich kenne Sie übrigens nicht nur von jenem Hotel, sondern noch von zwei anderen. Nur zwei! lachte ich, ohne zu wollen maliziös, wo arbeiten Sie denn jetzt? Im Washington, antwortete Victoria trocken. Das Washington liegt, etwas versteckt zwischen Bäumen, auf einem Hügel, wir waren dort nie, wieder hatte ich den Verdacht, daß Victoria log, aber es war mir plötzlich gleichgültig. Ich wollte allein sein und die Augen schließen, als wäre ich unter dem Dach im gelben Hotel. Schlafen Sie gut! rief ich Victoria nach, die schon das Zwischengeschoß erreicht hatte, soll ich Sie morgen wecken? Aber Sie wissen, es gibt keinen Kaffee! Fürchterlich, nein, danke! rief Victoria schadenfroh zurück, bis Sie wach sind, trinke ich längst meinen Espresso im Washington.

Siebter Turmtag

Nicht erst die Winterzeit trieb uns in die Stadt zurück. Auch an jenem Tag im Vorsommer bot der dichteste Kastanienwald keinen Schutz vor dem sintflutartigen Regen. Manchmal täuschte er uns, das Prasseln und Rauschen ließ nach, ich trat auf die Lichtung hinaus und wollte dir den Ort zeigen, den ich vor kurzem wie einen schon verschwundenen wiedergesehen habe, von vordringenden Eschen zurückerobert, von Farn überwuchert, die Birken tot, nur karger Ginster war noch da. Damals aber wuchs er frei und ungehemmt, ein Freudenfeuer flammten die Ginsterbüsche auf der Lichtung. Doch wo sind sie jetzt? Wie im Nebel verirrte Zitronenfalter tauchen nur da und dort gelbe Ginsterblüten auf, den Umfang der Sträucher ahnt man kaum, und nichts, nicht der geringste Laut ist zu vernehmen von jenem Knistern und Knallen, das du so gern gehört hättest, wenn beim Hineinkriechen eines Insekts das Blütenschiffchen platzt und der eingerollte Griffel hochschnellt. Alles ist stumm und angehalten im Nebel, keine einzige Ginsterblüte explodiert, nur in meinem Innern dieser lodernde Schmerz, als bedeutete, nicht zu dir zu gehören, den Tod.

War da eine schwarzhaarige junge Frau und kehrte hinter uns die zerquetschten Ginsterblüten zusammen, die auf den blauen Teppich fielen wie in den Junihimmel, den wir nicht gesehen hatten? Rechts vom Hotel recken drei Pinien in bizarrer Schräge ihre Kronen ins Licht, das sind unsere grünen Kamele, die mit ihren gestreckten Hälsen die Passanten von den Illusionsfenstern ablenken, auf beiden Schmalseiten je eins auf jedem Stock, minuziös den jeweiligen Vorhang hinter dem Gangfenster daneben imitierend. Die Hinterseite des Hotels ist von der Strenge eines Klosters und sieht auf die alte Zollstraße hinab. Alle Hotelzimmer jedoch, auch die billigsten unter dem Dach, gehen auf den See hinaus. In keinem anderen Hotel fühlten wir uns dem nächtlich angestrahlten Monument auf dem Wasser so ungehindert verbunden. Nie haben wir ein Hotel ohne Sicht auf das Monument gewählt, aber hier schaute es am frontalsten in unsere Liebe, schwamm mit uns, leuchtendes Delirium, durch den Schlaf und erwachte in der Frühe, grau und verwittert, wie ein im Regen vergessener Gartenstuhl.

Der Sekretär steht unten auf dem Quai. Wo bin ich gestern mit Victoria stehengeblieben? Unmöglich! Immer noch bei den Lockvögeln? Hoffentlich entdeckt der Sekretär nicht die Kerzentropfen auf der Treppe. Auf der Plattform ist ein ungehöriges Rumpeln zu hören. Der Sekretär wird doch nicht etwa anfangen, vor dem Turm herumzuhüpfen? Vorsichtig öffne ich die Tür. Nur ein paar Schritte entfernt sitzt eine schwarze Katze, ihr kleines Hinterteil ostentativ auf meine grüne Plastikbox gedrückt, und fixiert mich. Plötzlich aber, als wüßte sie bereits alles Entscheidende über mich, reißt sie weit das Maul auf und gähnt so ausgiebig, daß ich ihre langen Eckzähne sehe. Tiefschwarz glänzt das Fell der Katze in der Morgensonne. Wer ißt denn eigentlich hier nun Polenta! lacht der Sekretär, der mit einem großen Paket unter dem Arm die Plattform betritt, ich bringe Ihnen die frische Wäsche. Mit meiner Aufmerksamkeit noch ganz bei der Katze, gelingt es mir nicht, meine Verlegenheit zu verbergen. Ist es Ihnen unangenehm? fragt der Sekretär, aber es ist mir ein Vergnügen, die Turmwäsche für Sie persönlich zu erledigen, ich bügle zudem leidenschaftlich gern, nach einem Tag im Katasteramt mit all den aufgehäuften Akten, Bestechungsversuchen, Winkelzügen gibt es nichts Entspannenderes, als ein reines Leintuch platt ins Bügelbrett zu pressen. Hat übrigens die Bettwäsche für Ihre Besucher die letzte Woche gereicht?

Die Röte schießt mir ins Gesicht. Ich werde ein paar ungebrauchte Leintücher zerwühlen müssen und sie dem Sekretär in den Arm drücken. Bin ich tatsächlich schon eine Woche im Turm und habe es nicht fertiggebracht, Victoria auch nur den Tod einer einzigen Amsel, mit gebrochenen Beinen während Stunden qualvoll mitten im Gezeter der anderen Lockvögel verendend, nahezubringen? Und Besucher, spricht der Sekretär von mehreren Besuchern? Etwas beginnt lautlos hinter meinen Schläfen zu sausen. Da ist es wieder, das frühe Unsichtbarkeitswerk, dieses Innehalten, in Kollision mit allem. Der Sekretär legt den ausgepackten Stapel frischer Leintücher auf meine Arme, zuoberst liegt ein Strauß Pfefferminze. Von der Baugrube hinter meinem Hochhaus, sagt er, vielleicht möchten Sie damit Ihre Polenta aromatisieren? Aber vergessen Sie nicht, die Spitzen der Pfefferminze gegen die Turmwand zu schlagen, damit die Insekten, die dort nisten, herausspringen können! Ich versuche, den Aufruhr in meinem Kopf zu bändigen. Victoria werde ich nicht verraten, das weiß ich plötzlich, als würde ich sonst um meinen eigenen Turmaufenthalt gebracht. Wahrscheinlich glaubt der Sekretär, ich sei wegen der Insekten in den Pfefferminzspitzen bestürzt, kaum jemand hat eine Vorstellung davon, fährt er beschwichtigend fort, wo Insekten sich überall aufhalten, Alpenrosen etwa sind glücklicherweise bei uns geschützt, in den engglockigen Blüten vor allem der behaarten Alpenrose halten sich ganze Populationen von Insekten auf! Ihre Geringschätzung hat mich von klein auf bekümmert, und als der Koch unseres Berghotels sich eines Tages vom obersten Balkon hinunterstürzte, mitten in die Alpenrosensträuße auf dem Tisch einer Engländergruppe, deren Frauen, ohne Ausnahme, auch hinter die Ohren Alpenrosen gesteckt hatten, ohne Ausnahme? rufe ich empört, wie bekannt kommt mir das vor! aber der Sekretär fährt heiter fort, da beschäftigte mich gar nicht so sehr der Koch, der ausgestreckt im zerbrochenen Geschirr lag, sondern vielmehr die Unzahl punktgroßer Insekten, die vom Gewicht des Kochs erdrückt wurden oder in seinem langsam zwischen die Alpenrosen rinnenden Blut ertranken, in welchem Hochhaus, unterbreche ich den Sekretär, wohnen Sie denn?

Im ersten Hochhaus der Stadt, antwortet der Sekretär, es ist immer noch imposant, obwohl es für Sie, wegen der hohen Bäume des Stadtparks, wahrscheinlich nicht einmal von Ihrem Dachgeschoß aus sichtbar ist, oder höchstens seine Lichtaureole in der Nacht, ich aber sehe Sie dafür bestens, es dürfte auch für Sie beruhigend sein, daß ich den Turm jederzeit unter Kontrolle habe. Möglichst gleichgültig blicke ich auf den See hinaus. Trübe Blasen treiben auf den Wellen, die Enten schnattern heute ungewöhnlich streitsüchtig. Weit draußen lagert bläulicher Benzindunst über dem Wasser. Die schwarze Katze hat sich inzwischen zusammengerollt und schaut mich unverwandt an, die Augen geöffnet, aber die dunklen Pupillen im Morgenlicht zu schmalen Schlitzen verengt. Eine Weide am Ufer läßt ihre niederhängenden Zweige im Wasser schleifen. Doch warum fahren die transparenten Aufzüge des Kasinos dauernd auf und ab? Und dann erkenne ich plötzlich den schwarzen Hut wieder, mit der breiten Krempe, und die ganze Gestalt im langen Mantel, wirklich wie eine Krähe im Glaskäfig, sie verläßt nie den Lift, ununterbrochen gleitet sie auf und ab, in starrer Haltung gegen den Turm gerichtet. Ich drücke mein Gesicht in den Pfefferminzstrauß. Dann kauere ich mich zu der Katze nieder, die ihren Kopf an meinem Handrücken zu reiben beginnt. Soll ich Ihnen, fragt in diesem Augenblick der Sekretär zuvorkommend, nicht einen Espresso im Kasino holen?

Schon eilt der Sekretär über den Quai, als mich zum ersten Mal eine unwiderstehliche Lust ergreift, aus dem Turm auszubrechen. Einfach über die Plattform davon, geradeaus am Park vorbei, und in die düstere Straße eintauchen, wo die letzten Stadthäuser aus vergangenen Jahrhunderten stehen, mit den verglasten Loggien, den Ballustradenbalkonen, den teilweise nie wieder geöffneten Geschäften. Auch beim früheren Stoffladen der Rubinfelds sind schwärzliche Eisenstoren heruntergelassen, obwohl es nicht hier gebrannt hat, sondern im neueren Geschäft in der Alhambra, unter den Arkaden, in derselben Nacht, als auch aus der Synagoge Flammen schlugen und der Brandgeruch der verkohlten Bücher sich mit jenem der versengten Stoffballen mischte und ein nie wieder wegzuwischender Ruß sich über die strahlend beleuchtete Innenstadt legte. Selbst die weißen Brautkleider im Schaufenster gegenüber den Rubinfelds wirken verschmutzt, die Geschäftstafel wirbt auch für Bekleidungen bei Abendgesellschaften und anderen Feierlichkeiten, in der American Bar weiter vorn würde ich gern meinen Espresso trinken.

Aber der Sekretär balanciert bereits eine Espressotasse über den Quai, und ich blicke ihm entgegen mit dem ganzen Ungestüm von einst. Nur ließ ich mich damals im Traum von einem Wirbelwind forttragen. Doch jetzt bin ich erwacht. Deutlich sehe ich den Morgenglanz auf den Magnolienblättern im Park, jeden Zigarettenstummel auf den asphaltierten Wegen mit ihren Einfassungen aus Kopfsteinpflaster, über das sich beim Eindunkeln die in die Stadt Ausgewanderten beugen und mit den Händen darüberfahren, das verlassene Kopfsteinpflaster ihrer Dörfer anrufend, weit oben in den Tälern mit ihrer Armut, ihrer Stille, den Krankheiten, dem Tod. Jede einzelne Schlammschliere auf dem Wasser sehe ich, den Kot der Vögel zu meinen Füßen, das Flackern in den Augen des Sekretärs, seine zitternde Hand mit den Sommersprossen, auf einmal lesbar, mitten im Orkan.

Achter Turmtag

Nach dem Besuch des Sekretärs schloß ich die Turmtür hinter mir zu. Eine Ruhe erfüllte mich auf einmal, die so tief war, daß sie fast schon wieder einer Erregung glich. Zählte es überhaupt, ob viele oder wenige Besucher den Turm besichtigten? Sollte ich wirklich, stets aufs neue, wechselnden Zuhörern das Verhängnis dieses Orts schildern, die Perfidie der Lockmittel, die infamen Täuschungen, die tausendfachen Tode? Victoria hatte den Turm auserwählt. Und verstieß ich nicht selbst zunehmend gegen die Regel? Geradezu beschwingt bin ich auf den Dachboden hinaufgegangen. Im Zwischengeschoß warf ich keinen einzigen prüfenden Blick durch den Lichtschlitz nach möglichen Besuchern auf dem Quai. Weit lehnte ich mich zum Dachbodenfenster hinaus. Wie viele grüne Pedalos waren heute schon unterwegs auf dem See! Was für ein betriebsames Herumtuckern und Herumschwadern rund um den Turm. Bei offenem Fenster setzte ich mich zum ersten Mal auf Victorias Bett, das unberührt schien wie immer. Je mehr es Victorias Turm wurde, desto mehr wurde es auch der meine. Irgendwo gegen die Seemitte zu verlor sich das Stampfen und Aufklatschen der Pedalos. Nur hinter meinem Rücken knisterte es, hingen denn auch hier Palmsonntagszweige im Gebälk? Selbst beim leisesten Wind, wenn ich mit geschlossenen Augen und angezogenen

Knien vor dem Schrank mit dem Hochzeitskleid meiner Mutter saß, erfüllten sie den Dachboden mit ihrem Wispern. Wenn aber die nahen Baumwipfel des Gartens zu rauschen anfingen, wurden auch die Stechpalmenzweige davon erfaßt. Auf einmal schlagen sie wieder aus und leuchten in diesem ledernen Grün! Ein ganzer Wald von kunstvoll aufgebundenen Stechpalmen drängt durch das Hauptportal der Kirche, spitz stehen von den Blatträndern die Dornen ab. Da und dort sind die Gestecke mit Äpfeln geschmückt, völlig verdunkelt von den hereindrängenden Stechpalmen ist jetzt das Hauptportal, unaufhaltsam ergießen sie sich in das Kirchenschiff, erobern Marmor und Sandstein, pflanzen sich vor den Altären auf und verbreiten diesen Waldgeruch. Doch dann verstummen die Gesänge und Hosannarufe. Das lange dreistimmig vorgetragene Lesen der Passion setzt ein. Als der Hahn zum ersten Mal kräht, wird plötzlich mit Wucht das Hauptportal aufgestoßen. Haben ein paar Stechpalmenträger sich so verspätet? Wir drehen uns alle um.

Im weitoffenen Hauptportal steht, im langen Trenchcoat, das französische Béret in der Hand, der Fecker Graf. Ein Wunder, daß er nicht mit seinem Velo erscheint, das er wohl vor dem Aufgang der Kirchentreppe deponiert hat. Der Fecker Graf und sein Velo sind ein unzertrennliches Gespann, und wie er sich jeweils elegant auf sein Vehikel schwingt, ohne sich mit dem langen Mantel in den Radspeichen zu verheddern, erregt immer wieder unsere Bewunderung. Groß und hager, noch ungebrochen von der Silikose, die ihm das Leben ruinieren wird, steht der Fecker Graf im Windzug des offenen Hauptportals. Die Vorleser der Passion schauen nur kurz auf und fahren fort, geschweige daß jemand von der Behörde in den Ratsherrenbänken, durch Zwischenwangen in behagliche Einzelplätze abgeteilt, sich erheben würde, um dem Fecker Graf, der berühmt ist für seine Lästerungen gegen die Obrigkeit, ein Zeichen zu geben. Als wäre der rauschende Stechpalmenwald in den Gängen und vor den Altären sein Verbündeter, läßt der Fecker Graf seine Augen funkelnd über das vollbesetzte Kirchenschiff gleiten. Für ein paar Augenblicke genießt er offensichtlich den Respekt, den alle Fecker, so nannten wir die halb Fahrenden, halb Seßhaften, denen nie ein Schnaps oder eine Unterkunft im Stall verwehrt wurde, zu verbreiten wußten. Dann aber neigt er den Kopf und lauscht. Judas wirft die Silberlinge in den Tempel und erhängt sich mit einem Strick. Die Hohenpriester sagen, es geht nicht an, diese Silberlinge in den Tempelschatz zu legen, denn es ist Blutgeld. Und sie kaufen damit den Acker eines Töpfers als Begräbnisstätte für die Fremdlinge. Darum heißt dieser Acker bis auf den heutigen Tag Blutacker. Von Zeit zu Zeit drehen wir uns um nach dem Fecker Graf, aber er steht noch dort und neigt den Kopf, und würden Aprilschneeflocken in den Mittelgang hineinwehen oder ein Föhnstoß seinen Trenchcoat aufwirbeln, er würde unbeweglich an derselben Stelle verharren und der Passionsgeschichte lauschen. Von der Dornenkrone ist nun die Rede, von der Verspottung auf Gólgotha, vom plötzlichen Schrei in der Finsternis, eli, eli, lamma sabacthání! Alle knien nieder. Als wir aufstehen, ist das offene Hauptportal leer, und niemand wagt, es wieder zu schließen.

Hat es in Victorias Plastiksäcken geknistert? Die Fragen, die ich ihr nicht stellen darf, verfolgen mich trotzdem. Gehört sie zu den Zahllosen, die ohne Aufenthaltsbewilligung möglichst unauffällig hier zu überleben suchen? Ohne Arbeitsvertrag, ohne Kündigungsschutz, ständig mit der Angst im Nacken, entdeckt zu werden? Ungewöhnlich ist aber doch, daß Victoria offenbar in Hotels gearbeitet hat. Der Sache mit dem Washington traue ich zwar nach wie vor nicht, vielleicht ist sie längst anderswo beschäftigt. Oder sie hat überhaupt keine Stelle mehr, weil sie das Zimmer verloren hat, denn ohne ein Zimmer, zumindest in Untermiete, will ihr auch keiner eine Arbeit geben. Manchmal sehe ich Victoria vor mir, wie sie in gespielter Gelassenheit durch die Stadt geht; bei einer roten Ampel, auch wenn weit und breit kein Auto zu sehen ist, erst bei Grün den Fußgängerstreifen betritt; wahrscheinlich fährt sie selten mit dem Bus und dann nur mit einem gültigen Billet. Den Bahnhofsplatz meidet sie sowieso, abendliches Ausgehen hat sie vergessen.

Auf einer Warenhaustoilette vergewissert sie sich regelmäßig, daß sie keine Adresse oder Telefonnummer bei sich trägt, jeden verdächtigen Papierschnitzel verkleinert sie zu Konfetti und läßt diese in der Spülung verschwinden. Irgendwann ist ihr Rückreiseticket, falls sie überhaupt eines besaß, verfallen, und Victoria ist lautlos in die Illegalität abgetaucht, die bald so lähmend wird wie die Not, der sie entrinnen wollte. Möglicherweise war die einzige hochgemute Zeit jene gewesen, als sie wie besessen sparte für dieses Reiseticket, vor keinem Verzicht zurückschreckte, das Letzte verschleuderte, und ein Geruch von Abenteuer sie belebte?

Oder war alles ganz anders? Verfolgung? Flucht? Woher dieser unzähmbare Drang, auszubrechen aus allem? Fortgehen, ehe die Gefangenschaft die Wandergaben tilgt. Kein Blick in die Zukunft war tiefer als jener in den schrankförmigen Kasten, in dem die Füße von uns Kindern beim Schuheprobieren durchleuchtet wurden. Das Schuhgeschäft einer meiner vielen Großtanten liegt unweit vom Hauptplatz, das Läuten der Kirchenglocken ist bei jedem Schuhkauf allgegenwärtig. Aber die innere Aufregung vor einer Beichte in der Kirche ist nichts, verglichen mit dem Herzklopfen vor einer Fußbeichte. Die Großtante, von beeindruckender Gestalt und in eine weiße Seidenbluse gekleidet, beugt sich über das Guckloch im hölzernen Kasten. Indessen plaudert meine Mutter entspannt in einem Sessel, sie besitzt ja einige Kenntnisse über unsere kleinen Füße, doch das endgültige Urteil überläßt sie ganz der Autorität der Großtante. Diese hat einen Knopf gedrückt, in gespenstisch grünem Licht wird das Skelett meiner eingeschobenen Zehen sichtbar. Jetzt wird die Großtante alles entdecken, der Röntgenblick wird ihr meine heimlichsten Umwege, die verschwiegensten Aufenthalte im wilden Bachbett enthüllen. Da! Ein winziger Bachkieselstein klebt in einer Zehenfalte. Ich soll nun auch noch kräftig die Zehen bewegen, heiß steigt mir die Scham ins Gesicht. Saß ich nicht reglos auf dem Dachboden, entrückt in meiner Unsichtbarkeit, und schwor, nie dieses Haus zu verlassen? Aber immer wieder bin ich ausgerissen, fort in das wilde Bachbett, meine Füße erzählen davon, von der Untreue, dem Verrat. Und je munterer ich mit den Zehen zappeln soll, desto mehr künden sie von allen noch kommenden Wanderschaften und dem verhängnisvollen Verlangen, einmal alles aufzugeben, um alles zu besitzen. Daß meine Großtante kein Wort sagt und sich nur aufmerksam über den Apparat neigt, macht das offensichtliche Geständnis meiner Füße nur noch schlimmer. In ihren wasserhellen Augen lese ich nichts als Güte, trotzdem wird mir keine Absolution erteilt, das erlösende Reingewaschenwerden bleibt aus, kein von maßlos guten Vorsätzen erfülltes Hinaushüpfen ins Freie ist möglich. Bedrückt ziehe ich meine Füße aus dem Röntgenbeichtstuhl zurück. Über den neugekauften Schuhen bleibt ein Flor von Bitternis. Wie hat es nur meine Großtante geschafft, beladen von den Fußbeichten eines ganzen Dorfes, immer so aufrecht über den Hauptplatz zu gehen? Viel später, ich bin lange nicht mehr zu Hause gewesen, wird ein Mädchen an meiner Hand, unwiderstehlich angezogen, als handelte es sich um den verlockenden Eingang eines Spielhauses, geradewegs auf die offene Totenkapelle hinter der Kirche zusteuern, gegen meinen Willen, denn ich weiß, was es bedeutet, wenn die Tür nicht geschlossen ist. Doch dann stehen wir beide überrascht vor einer strahlend weißen Szenerie. Der düstere Kerchel überquillt von frischen Margeritensträußen, die Kränze sind damit besteckt, der Sarg verschwindet unter darübergestreuten Margeriten. Ich brauche nicht einmal auf die angeschlagene Todesanzeige zu blicken, schlagartig weiß ich, daß am Ende eines langen Lebens meine Großtante aus dem Schuhgeschäft hier liegt, mit den Blumen ihres Vornamens geschmückt. Alle Geheimnisse unzähliger kleiner und großer Füße, alle Orakelsprüche zukünftiger Irrfahrten hat sie mit in den Tod genommen, aber für diese Treue wartet sie nun, künden davon nicht die hochzeitlich schimmernden Margeriten, an der Schwelle des Paradieses.

Neunter Turmtag

Victoria hat mich gestern durch ihr frühes Erscheinen überrascht. Hat sie ihre Arbeit verloren? Aber vielleicht war es nur ihr freier Nachmittag. Zum ersten Mal habe ich nicht unverzüglich auf sie eingeredet, obwohl sie nach Betreten des Turms abwartend stehenblieb. Ohne über mein Schweigen irritiert zu sein, ging sie die Treppe hoch, rief jedoch schon aus dem Zwischengeschoß nach mir. Durch den Schlitz fiel Licht auf den Holzboden, wo Victoria mit angezogenen Beinen saß und auf mich wartete. Soll ich, fragte ich, von der äußeren Erscheinungsform der Türme erzählen? Natürlich entging mir der Spott, der in Victorias Augen aufblitzte, nicht. Es sind immer gemauerte Beobachtungstürme, begann ich ungerührt, sechs bis vierzehn Meter hoch, meist von quadratischem Grundriß, eine geschweifte Fassade wie diese hier ist einzigartig, obwohl gerade eine solche Konstruktion das Belauern der Vögel ungemein erleichtert. Das Äußere und Innere der Türme ist gewöhnlich karg und streng, besonders wenn sie auf einer einsamen Waldlichtung oder einem abgelegenen Hügelsporn errichtet wurden, nur in der Nähe bewohnter Gebiete trifft man manchmal auf Fresken wie in einem Lustpavillon, auf ein Marmorkamin, Fenstersimse, Türschwellen, ochsenblutfarbene Bodenfliesen. Victoria hatte unterdessen ihre Turnschuhe ausgezogen und spielte mit den Zehen im Sonnenlicht. Nicht immer befinden sich die Treppen zu den oberen Stockwerken im Innern des Turms, fuhr ich beschleunigend fort, sondern hie und da auch an der Außenmauer, halsbrecherische Einrichtungen, häufig ohne Geländer, aus morschem Holz oder unbehauenen Steinplatten, zwischen denen der Blick abstürzt, weithin sichtbar klettert so der Vogelfänger zu seinem Ausguck hoch, Sie können von Glück reden, schloß ich mit Nachdruck, daß dies hier nicht der Fall ist! Victoria sah mich mit gerunzelten Augenbrauen an. Nach einer längeren Pause sagte sie, soll ich aus dem Washington ein Zimmerschild, Bitte nicht stören, mitbringen? Viersprachig? Und einen Fluchtplan bei Feueralarm? Ich mußte laut herauslachen und setzte mich ebenfalls auf den Holzboden. Victoria gegenüber streckte ich die Füße in denselben Sonnenfleck. Haben Sie bemerkt, fragte sie, daß dieser Turm sich nach unten verjüngt? Nach unten, rief ich, unmöglich! Einige seltene Türme verjüngen sich höchstens nach oben. Doch, beharrte Victoria, ich habe Sie nachts oft von oben beobachtet, während Sie schliefen. Es kam mir eigenartig vor, daß Sie, trotz der leichten Trichterform des Turms, dort unten in der Tiefe nicht wie in einem Brunnenschacht lagen, bis ich merkte, daß es gerade diese Trichterform ist, welche das Nachtlicht bis ins Erdgeschoß lenkt, und dieser Eindruck wird verstärkt durch die nach unten heller getönten Holzbretter. Wußten Sie das nicht?

Wir sind noch lange auf dem bloßen Holzboden im Zwischengeschoß sitzen geblieben. Der Sonnenfleck war weitergewandert und plötzlich erloschen. Das verwaschene Purpurrot auf Victorias T-Shirt wirkte nun so düster wie die Landschaft auf alten Gemälden des Jüngsten Gerichts. Mit keinem Wort hatte ich bis jetzt die Vogelarten erwähnt, die hier in großen Schwärmen vorüberzogen, gefangen und getötet wurden. Ich begann, die Mönchsgrasmücke zu beschreiben, den Mauersegler, den Bluthänfling, sprach vom versteckten Leben der mit ihrem olivegrünen Gefieder unbemerkt durchs Gebüsch schlüpfenden Mönchsgrasmücke, ihrer schwarzen Kappe, den flötenden Überschlägen in ihrem Gesang; dem dagegen so schrillen Geschrei des Mauerseglers, seinem Dahinjagen und seinen Sturzflügen, die Luft mit den sichelförmigen Flügeln peitschend; den invasionsartig auftretenden Bluthänflingen mit ihrem blutfarbenen Vorderscheitel, der ebenso wundroten Brust. Hinzufügen wollte ich selbstverständlich Singdrossel, Distelfink, Bachstelze, Lerche, bis ich den versteinerten Ausdruck in Victorias Augen sah und verstummte. Sie erhob sich abrupt und stellte sich mit dem Rücken gegen den Lichtschlitz, so daß es im Zwischengeschoß mit einem Mal dämmerig wurde wie bei einer Sonnenfinsternis. Ich kenne keine Vögel, sagte Victoria, und wenn einer vorüberfliegt, schließe ich die Augen.

In zuerst gleichgültig klingenden, doch mit Präzision formulierten Sätzen, unterbrochen von zunehmend erregteren Pausen, fing Victoria an, von jenem Fest auf dem Hochland zu erzählen, in das sie während eines Besuchs bei ihrer Großmutter geraten war. Endlos war ihr die holprige Busfahrt erschienen, bis hinter den Staubwolken schließlich die wie Nadelkissen verstreuten Grasbüschel der Pampa auftauchten. Angekommen im Dorf, entging ihr die allgemeine Unruhe nicht, indessen zog die Großmutter sie und ihren Vater sofort in das mit Stroh bedeckte und gegen das blendende Sonnenlicht abgedichtete Haus hinein. Doch bis ins Innere hörte man den Lärm der Marktschreier, Garküchen, Papageien, und kaum aus dem Bus geklettert, hatte Victoria die gerösteten Maiskörner, den dampfenden Coca-Tee gerochen, bestimmt würde es Süßkartoffeln, vielleicht sogar gefüllte Chilis geben, unnachgiebig zerrte sie ihren widerstrebenden Vater ins Freie hinaus, Kind! hatte die Großmutter beschwörend gerufen, dies ist nicht unser Fest! Aber schon war sie mit ihrem Vater mitten in der brodelnden Masse, die wie eine Welle in Abständen zurückwich und wieder vordrängte, sie machte Reitern Platz, die vorübergaloppierten, direkt vor Victoria holten sie mit dem Arm wie zu einem Schlag aus und wendeten darauf das Pferd. Und erst jetzt entdeckte Victoria ganz in ihrer Nähe den nach Luft schnappenden majestätischen Kondor, den zwei Männer mit Gewalt an den Armschwingen sowie an beiden Füßen festhielten, während die vorübergaloppierenden Reiter den schwarzen Riesenvogel mit bloßen Händen prügelten. Die zerschlissenen Schulterfedern flogen weg, Vogelkot besudelte die Reiter, Victoria starrte auf den blutroten Kopf des Kondors, seinen zuckenden fleischfarbenen Hals mit der weißen Krause. Nein, das war gar nicht der in ferner Himmelshöhe ruhig dahinschwebende Vogel, den sie oft mit ihrem Großvater zusammen sehnsüchtig bewundert hatte und dessen Federn, wie er sagte, die Könige der früheren Reiche sich hinter das blaue Stirnband steckten, nein, es war nicht der Kondor, der vor ihren Augen zu Tode gequält wurde, es war ihr Großvater selbst, in seinem speckig glänzenden schwarzen Anzug, aus dem der verschwitzte Kragen seines einzigen weißen Hemds herausragte. Diese Aufmachung trug er nur für die Beerdigungen, bei denen er mit seiner Geige aufspielte, ohne Noten, kaum benachrichtigt, eilte er sofort in das Trauerhaus und spielte, während die Verwandten ein Huhn brachten und bei dem Toten aßen und tranken. Der Großvater spielte weiter die ganze Nacht hindurch bis in die Frühe, kippte manchmal von klagenden Melodien plötzlich in tänzerisch aufgedrehte, Victoria, die er hie und da mitnahm, sah dann hypnotisiert, wie der Adamsapfel am dunkelrot angelaufenen Hals des Großvaters auf und ab hüpfte, rasende Pulsschläge hämmerten jetzt im Kropf des Kondors, vergebens hackte er in Todesangst nach seinen Peinigern. Victoria schloß krampfhaft die Augen und öffnete sie wieder, als der letzte vorübergaloppierende Reiter dem röchelnden Vogel die Zunge abbiß. Sie nahm noch einen Augenblick das von einem triumphierenden Grinsen verzerrte, blutbespritzte Gesicht des Mannes wahr, den Aufschrei in der Masse, blindlings riß sie ihren Vater fort, wühlte sich durch die aufgebrachten Menschen, vorbei an gebratenen Meerschweinchen, kaum im dunklen Hausinnern der Großmutter angelangt, erbrach sie sich, unter Würgen und Schluchzen, bis zu einer nicht enden wollenden grünlichen Flüssigkeit.

Victoria mußte schon eingeschlafen sein, während ich immer noch im Zwischengeschoß saß. Erst als ich ihre leicht pfeifenden Atemzüge hörte, stieg ich die Treppe hinab. In der Nacht laufe ich wieder als Kind über die Gartenwege. Aus dem Arbeitszimmer meines Vaters dringt ein schmaler Lichtstreifen, in der dunklen Küche sitzt die Mutter erschöpft hinter einem Berg entstielter Kirschen. Ein letzter Korb schwarzer Lauerzer Kirschen wartet im Kellergang. Sachte, um mein weißes Nachthemd nicht zu verflecken, fülle ich einen Zipfel voll mit Kirschen und stehle mich aus dem Haus. In regelmäßigen Abständen lasse ich auf den Gartenwegen ein paar Kirschen fallen, die in der Morgenfrühe von den Vögeln aufgepickt würden. Ganz vertieft in mein Geschäft, hebe ich nur einmal den Kopf, um mich zu vergewissern, daß niemand mir folgt. Im Arbeitszimmer meines Vaters ist das

Licht erloschen, aber das Fenster steht weit offen. Überscharf zeichnet sich die Gestalt meines Vaters ab, imposant und unbeweglich. Vorsichtig winke ich mit der einen Hand, da ich mit der anderen den Nachthemdzipfel voller Kirschen halten muß, gewiß freut sich mein Vater, daß ich mich auf meine Weise an der Fütterung der Rotkehlchen, Kohlmeisen und Buchfinken beteilige. Doch warum nur erwacht auf einmal dieser Wind, dieses jähe Aufrauschen aller Gartenbäume, so daß die kleinen Metallfahnen in den Gemüsebeeten zu knistern beginnen, diese Vogelscheuchen, die meine Mutter heimlich gesteckt hat. Sie verursachen ein immer schrilleres Klirren, ein schrecklich anschwellendes Knattern. Fahle Lichtblitze zucken von den Metallfahnen aus bis zu der finsteren Versammlung von Hortensiensträuchern am Ende des Gartens, flehend winke ich mit der einen Hand meinem Vater, aber seine Gestalt löst sich zunehmend auf, ertrinkt in der Nacht, mein Hilferuf geht im Getöse der Vogelscheuchen unter. Der Turm schaukelt kaum, als ich die Augen öffne. Im Stadtinnern entfernt sich das Heulen einer Polizeisirene.

Zehnter Turmtag

Vom Dachboden aus kann ich den Anfang der Alhambra sehen, jenes geschweiften Arkadenganges, der in der Stadt so genannt wird. Neugierig, ob der kürzlich dort eingerichtete Kebab-Laden, unter dem Namen Bosporus, schon am Morgen geöffnet ist, beuge ich mich zum Fenster hinaus und kann mich nicht mehr zurückziehen. Am letzten Arkadenpfeiler lehnt, den Hut mit der breiten Krempe in den Nacken geschoben, die Gestalt im langen schwarzen Mantel und sieht direkt zu mir hinauf. Aber die Entfernung ist zu groß, ich kann das Gesicht nicht erkennen, obwohl es vom Sonnenlicht beschienen ist, während ich auf dem Turm noch im Schatten bin. Selbst die rautenförmig angelegten schwarzweißen Bodenplatten im Arkadengang glänzen. Plötzlich wendet sich die Gestalt im langen Mantel um und verschwindet mit weit ausholenden Schritten unter den Arkaden. Bei den Rubinfelds werden Stoffballen zur Auslage herausgetragen, günstige karierte oder geblümte Stoffe, lieber als in die Warenhäuser gehen die alten Frauen aus den Tälern, wenn sie überhaupt einmal in die Stadt kommen, in diesen Laden in der Alhambra. Inzwischen kehrt die schwarze Gestalt zurück, langsamer diesmal, den Kopf gesenkt, wie vertieft in das Rautenmuster des Arkadenganges. Aber jetzt hebt sie schon wieder das Gesicht zu mir empor. Ich halte den Atem an, versuche belanglos über die Dächer zu blicken, die seltenen Inseln von Ziegelrot im überhandnehmenden Grau, Glasflächen blinken. Vom Ahorn auf einem Dach, kühner Flüchtling vor dem Asphalt, fliegt eine Krähe auf. Als die Gestalt im langen schwarzen Mantel erneut wendet, eile ich ins Zwischengeschoß hinab.

Ruft nun tatsächlich auch noch der Sekretär nach mir? Die zweite Woche ist doch gar nicht um, fährt es mir durch den Kopf. Oder spielt mir meine Zeitvergessenheit so übel mit? Geschwind raffe ich alle gebrauchten Leintücher Victorias zusammen, ich habe ihr vorsorglich jeden Tag das Bett frisch bezogen, welcher Luxus! hatte sie, von der Notwendigkeit überzeugt, genußvoll ausgerufen, den Arm voller zerknüllter Leintücher öffne ich die Tür. Der Sekretär lacht überrascht. Es ist zwar noch nicht Waschtag, sagt er, aber jetzt kann ich zumindest die Stadtverwaltung beruhigen. Auf der Plattform hat sich die schwarze Katze, die lang ausgestreckt schlief, auf die andere Seite zusammengerollt und schaut mich, schräg von unten her, aufmerksam an. Plötzlich putzt sie sich nervös das Fell. Wieso beruhigen, frage ich, fürchtet man, die Polenta sei mir verleidet? Das nicht gerade, sagt der Sekretär, aber es sind Klagen von Besuchergruppen eingegangen, der Turm sei, obwohl er manchmal ganz verlassen wirke, immer besetzt. Ist das nicht der Zweck? frage ich höflich. Natürlich ist uns klar, entgegnet der Sekretär, daß der Besuch dieses Monuments, im Gegensatz zum früheren, nur für einzelne gedacht ist. Doch es liegt auch eine Beschwerde vor, daß Sie bei Anklopfen nicht einmal aus dem Turm herauskommen. Besetzt ist besetzt, sage ich, im Vertrag ist nirgends festgelegt, daß ich Rechenschaft über die Turmbesuche ablegen muß. Gewiß nicht, lenkt der Sekretär ein, eigentlich bin ich nur gekommen, um mich zu erkundigen, ob Sie nicht bald Wolldecken für die Nacht brauchen?

Inzwischen habe ich dem Sekretär alle Leintücher Victorias in den Arm gedrückt. Wer ist übrigens, frage ich, diese Person im langen schwarzen Mantel mit dem breitkrempigen Hut? Der Sekretär zieht eine mißbilligende Grimasse. Es war unausweichlich! ruft er, früher oder später mußten Sie den Architekten bei seinen Auftritten entdecken! Wieso spaziert er dauernd in der Alhambra auf und ab, sage ich, als hätte ich ihn schon öfters dort bemerkt, sehen Sie, antwortet der Sekretär, das ist genau der Ort, den zu meiden wir ihm empfohlen haben. Aber natürlich hält er sich Tag und Nacht in der Alhambra auf, in der Stadt nennt man ihn deshalb nur den Spanier, doch er fühlt sich dadurch geehrt, denn auch der Barockbaumeister, dessen verrücktestes Werk in dem früheren Monument auf dem Wasser, wenigstens zur Hälfte, nachgebildet war, hatte seines konsequent getragenen Spanischschwarz wegen diesen Spottnamen. Das unablässige Gehen über die schwarzweiß gemusterten

Bodenfliesen der Alhambra, sagt der Architekt, rege ungemein seine Betrachtungen über dieses Thema bei eben jenem Baumeister an, dessen in den vielfältigsten Variationen schwarzweiß komponierten Böden man noch viel zuwenig Beachtung geschenkt habe, es sei zwar verständlich, daß diese ganz von Bewegung durchdrungene Architektur den Blick zuerst zum Himmel lenke, aber auch die Böden befänden sich durch die schwindelerregenden Schwarzweißmuster in völliger Auflösung, würden den Betrachter in galaktische Bodenlosigkeiten hinunterziehen, was dem Auge eben noch weiß erschienen sei, wirke plötzlich schwarz und umgekehrt, hat sich denn noch niemand, unterbreche ich den Sekretär, über den ständigen Aufenthalt des Architekten in der Alhambra beschwert?

Der Sekretär schüttelt den Kopf. Seit dem Brand bei den Rubinfelds läßt man ihn gewähren, er war schließlich der erste, der den Brand roch und sofort die Feuerwehr alarmierte, mit einer Flinkheit, die alle erstaunte, trug er Stoffballen um Stoffballen aus dem Rauch heraus, vor allem auf die roten Stoffballen stürzte er sich, als glühten und loderten diese schon, wie Kinder drückte er sie an sich und rettete sie ins Freie. Die Rubinfelds wollten sich erkenntlich zeigen und haben ihm mehrere dieser roten Stoffballen überlassen, damit hat er nun im alten Schlachthof theatralisch die Räume abgetrennt, auch eine Art Laubengänge mit den herabhängenden Tüchern eingerichtet. Die jungen Besetzer des Schlachthofs wollten zuerst nichts davon wissen, aber er hat sie schließlich mit seinen deliriösen Reden überzeugt, im Vorbeigehen können Sie die scharlachroten Tücher in den Schlachthofräumen flattern sehen, aber jetzt wissen Sie leider auch, sagt der Sekretär plötzlich wie ertappt, wo der Architekt wohnt.

Der Sekretär wendet sich der schwarzen Katze zu, die mit gestreckten Vorderpfoten im Sonnenlicht döst, das inzwischen über die große Magnolie im Park hinweg auf die Plattform fällt. Wirklich, sagt der Sekretär, die Stadt unterläßt nichts zu Ihrer Bewachung, sogar der bekannteste Kater des Quais beteiligt sich daran. Haben Sie ihn schon einmal beobachtet, wie er nachts mit den Fischern auf den See hinausfährt? Niemand kann sich erinnern, daß eine Katze so etwas je gemacht hätte. Es ist also ein Kater, erwidere ich zerstreut, wie lange wohnt denn der Architekt schon mit den jungen Besetzern zusammen? Ich schaue den Sekretär an, der schweigt, sehe jede einzelne Sommersprosse auf seiner Haut. Aus dem Kamin des Schlachthofs steigt plötzlich wieder Rauch, ein Geruch aus einem vergessenen Morgengrauen, süßlich und Übelkeit erregend, überfällt mich. Im Schlachthof steht knöchelhoch das Blut. Glauben Sie nicht, fragt der Sekretär, daß Sie der Stadtverwaltung eine Antwort schulden? Der Turm ist nun einmal, wie das frühere Monument auf dem Wasser, ein Fixpunkt der Stadt geworden. Nein, sage ich trotzig, solche Bauwerke bedürfen keiner Erklärung.

In seiner ausgebeulten Hosentasche herumfingernd, fragt der Sekretär, und wie steht es mit dem Kerzenvorrat? Es ist mir ein solches Anliegen, daß Sie nie ohne Kerze dastehen. Auch ich trage ständig eine mit mir herum. Bei den heftigen Gewittern in dieser Gegend muß man dauernd mit einer elektrischen Panne rechnen, und nach einem Tag auf dem Katasteramt, im grellen Neonlicht, wie liebe ich das, abends auf dem Dach des Hochhauses einer Kerze beim Erlöschen zuzusehen. Ich kann mir das vorstellen, sage ich, dieses Herbeiwünschen des Erlöschens, dieser endlichen Ruhe vor allem flackernd Fremden, kein ungewisses Aufleuchten mehr, kein vorbehaltloses Brennen. Endlich gleichförmige Dunkelheit, ohne Störung, ohne Herausforderung, endlich Nacht. Aber ich werde Ihren systematisch angelegten Kerzenvorrat nicht aufbrauchen, fahre ich jäh heftig fort, ich fürchte mich vor dem Verlöschen einer Kerze, ich fürchte mich wie vor nichts davor! Sie wissen vielleicht nicht, wie hoch das Heilige Grab war, das in der Karwoche vor dem Chor im Kirchenschiff aufgebaut wurde, eine schwarze Bühnenwand aus hölzernem Marmor, und während der langen Gesänge wurde in stockenden Abständen, so wie ein Mensch langsam stirbt, Kerze um Kerze gelöscht, und in qualvoller Agonie verging die ganze Welt, bis der Sigrist die letzte brennende Kerze hinter den Hochaltar trug, um sie dort, in der Todesverlassenheit Gottes auszublasen, war es in diesem Augenblick, daß der violette Vorhang des Tempels riß? Der Sekretär blickt mich konsterniert an. Dann dreht er sich brüsk um und eilt ans Ende der Plattform. Ich bringe Ihnen aus dem Kasino einen Espresso, ruft er, ich bin sofort zurück!

Elfter Turmtag

Wie immer, wenn ich am Morgen erwache, horche ich zuerst ins Dachgeschoß hinauf. Auch heute ist es still. Es ist mir inzwischen unerklärlich, daß mich Victorias Weggang in der Frühe auch nicht ein einziges Mal geweckt hat. Gestern habe ich sie darauf angesprochen. Sie müssen ja an meinem Bett vorbei zur Tür hinaus! sagte ich, wie machen Sie das bloß? Victoria betrachtete mich gelassen, sogar ein wenig amüsiert, hatte ich den Eindruck. Mit der Zeit wird man ein Meister im Unsichtbarsein, sagte sie, die höchste Perfektion darin erreicht man, wenn man in einem der Hochhäuser beim Stadion wohnt, das ganze Hochhaus voller Menschen, deren Name nirgends auf einem Klingelschild vermerkt ist. Hin und wieder gibt es Polizeirazzien, das weiß man, und wenn es klingelt, bleibt man völlig reglos. Man hört sogar auf zu atmen, wird einfach unsichtbar, oder verwandelt sich in einen Schrank, einen Hut, ein Kleidungsstück. Hat man Glück, entfernen sich die Schritte, aber man verharrt noch lange so, wie von der Erdoberfläche verschwunden, nicht einmal, wenn ein Flugzeug so niedrig am Hochhaus vorbeiraste, als flöge es in der nächsten Sekunde durchs Zimmer hindurch, habe ich ihm auch nur mit den Augen nachgeschaut.

Victoria hat übrigens tatsächlich aus dem Hotel ein Zimmerschild, Bitte nicht stören, mitgebracht. Sie trug es unter ihrem T-Shirt und zog es erst im Turminnern heraus. Sie löste ihr Haarband, und wir befestigten, als es Nacht geworden war, das Schild damit an der Türklinke. Victoria wirkt nun wie erlöst, wenn sie in den Turm hineinschlüpft, sie hat meist ein Lachen in den Augen, behandelt mich sehr ehrerbietig und sagt manchmal Doña zu mir, was nicht gerade nötig wäre. Je mehr sich Victoria im Turm zu Hause fühlt, desto mehr wird mir bewußt, daß ich selbst nur vorübergehend hier bin. Doch dann vergesse ich es wieder und überlasse mich dem tiefen Schlaf im fast unmerklich schaukelnden Turm. Merkwürdig, daß ich so furchtlos Victoria gegenüber bin, nie ist mir bis heute der Gedanke gekommen, sie könnte mir etwas zuleide tun. Aber besitze ich vielleicht etwas? Nichts. Wozu also mich fürchten? Wird es oben im Dachgeschoß ruhig, schlafe ich jeweils sofort ein. Und wenn mich auch die blaurot verwaschene Farbe ihres T-Shirts immer noch etwas beunruhigt, so denke ich nun manchmal, vielleicht ist es Victoria, die mich mit ihrer Fremdheit beschützt. Wache ich nachts einmal auf, ist mir, wir kreisten zusammen im Turm durch schwarze Himmelsräume und sähen von fern jene überwältigende purpurne Lichtfülle, welche die Astronauten außerhalb der Erdatmosphäre antreffen. Am Morgen glitzern nur die Wellen durch die Fugen der Tannenholzbretter. Im Stadtpark, und hoch über den Turm hinwegfliegend, zwitschern die Vögel, rufen einander und geben Antwort, ohne Hast, keine Angstsignale, kein Hungerschrei, gelöst, helle Kaskaden. Sie scheinen glücklich. Wir sind nichts als der Bodensatz ihrer Träume.

Auch heute morgen blicke ich, am Dachbodenfenster stehend, hinüber zu meinem Zitronenhaus. Ich suche die drei Pinien, unsere grünen Kamele, die vor dem Hotel warten, um uns durch die Wüste zu tragen. Aber warum sind die Rattansessel auf den schmalen Balkonen verschwunden? Das Rascheln der Palmen vor dem Eingang ist zu hören, dürr und trocken, das Plätschern des Brunnens auf dem Platz ist fast versiegt. Aus den übereinandergestuften Becken, Riesenmuscheln und Löwenköpfen, erbaut zur Einweihung des städtischen Wasserleitungssystems, fließen nur noch dünne Rinnsale. Der Winter kommt. Tief herunter in den Lokalen hängen die schweren Adventskränze, den Duft eingeflochtener Zimtstangen verströmend, noch einmal wirst du mich umarmen, unverstümmelt und ganz, es ist wie ein Fest vor der Hinrichtung. Und plötzlich schauen mich die dunklen Augen Victorias an, die noch am Schließen der Vorhänge ist bei unserem Betreten des Zimmers. Sie muß in ihrer Tätigkeit innegehalten haben, wie gebannt sind diese fremden Augen auf mich gerichtet. Jäh sehe ich darin gespiegelt, was mich in diesem Augenblick bis zum Zerreißen erfüllt, das Begehren, den Abgrund, die Passion. Victoria streicht, obwohl sie ganz glatt ist, wieder und wieder über die Bettdekke, mit einer verschwörerischen Geste, als könnte sie so teilhaben an Himmel und Hölle, am Übertreten aller Gesetze, an einer Obdachlosigkeit, süßer als ihre eigene.

Warum habe ich Victoria nicht sofort, bei ihrem ersten Auftauchen vor dem Turm, erkannt? Wie haben mich doch damals, im rasch dunkelnden Winternachmittag, diese Augen düster vor Sehnsucht verfolgt. Sie blieben im Zimmer anwesend, hinter den bis zum Boden reichenden Vorhängen, im Spiegel, irgendwo an der Decke. In alles berauschte Sichwiederberühren, Sichwiederfinden tropft wie der Saft einer bitteren Frucht eine Ahnung der Verlassenheit dieser jungen Frau. Der Abdruck einer kleinen Hand leuchtet noch schwach auf meinem Körper, die Hand eines Kindes, das in der Morgendämmerung, beim eiligen Aufbruch, trotz heftigsten Widerstands, doch nur zart, so hilflos zart, mich unter Schluchzen streichelt, das Kind hat einen Pagenschnitt, es wird am Nachmittag schwarze Schoner an Ellbogen und Knien anziehen und auf seinen Inlineskates unter der Wintersonne durch das menschenleere Dorf am Berghang sausen.

Früher als sonst steht Victoria vor dem Turm. Auf dem Quai entfernt sich eine Menschengruppe, die mehrmals zurückblickt. Victoria wirkt ziemlich abgekämpft. Polenta? frage ich. Sie winkt ab und geht zur Treppe, oben im Dachgeschoß ruft sie, da liegen noch Blätter von Ihnen auf meinem Bett! Das hätte mir nicht passieren dürfen. Wenn Victoria wüßte, daß ich nun jeden Morgen auf ihrem Bett sitze! Heute las ich dort in der Turmdokumentation, wobei ich zum ersten Mal erwog, ob ich Victoria alles erzählen soll. Beispielsweise die verschiedenen Mutmaßungen über das Aufkommen der Vogelfanganlagen, die einen erklären sie mit den Hungersnöten am Ende der letzten Pestepidemie, die anderen doch eher mit den wiederholten Verboten des Vogelschießens in den damaligen Vogteien, das Tragen einer Schußwaffe für die Jagd war zwar erlaubt, doch muß die Knallerei in den Rebbergen und Wäldern ein solches Ausmaß angenommen haben, daß insbesonders das Vogelschießen von Anfang März bis Ende Oktober bei harter Buße untersagt wurde. In den gesetzlichen Erlassen fanden die geistlichen Herren spezielle Erwähnung, da diese mit geradezu gieriger Leidenschaft der Vogeljagd oblagen, zu Fuß oder beritten, mit Hunden und Sperbern, und daß diesen geistlichen Personen, falls sie sich der Jagd nicht enthalten würden, kurzerhand die Büchsen abzunehmen seien. An diesem Punkt meiner Lektüre hatte ich ein verdächtiges Rumpeln auf der Plattform gehört und war überstürzt hinuntergeeilt, um meine Polentabox zu retten, bevor sie der schwarze Kater bei seinen mutwilligen Spielen in den See schubste.

Victoria liegt bereits im Bett. Meine losen Blätter hat sie ordentlich auf dem Boden gebündelt. Eine Haarsträhne hängt ihr von Schweiß gekräuselt ins Gesicht, aber trotz ihrer augenfälligen Müdigkeit lädt sie mich nicht ohne vielsagendes Lächeln ein, auf ihrem Bett Platz zu nehmen. Sie haben mir nichts mehr, sagt sie, von den Vögeln erzählt. Es ist noch hell, denke ich, und Victoria legt sich schon schlafen. Vermissen Sie es sehr, frage ich, abends nicht ausgehen zu können? Victorias Gesichtsausdruck verschließt sich. Dann zuckt sie gleichgültig die Achseln. Ich bin, sagt sie, mit allgemeiner Ausgangssperre ab Mitternacht aufgewachsen. Und wie um sie in irgendeiner Form für die Weiterführung dieses Zustandes zu entschädigen, setze ich mich auf das Fußende ihres Betts und beginne, als wäre es kein böses Märchen, von dem reichen Instrumentarium an Lockmitteln zu erzählen, über das der Vogelfänger verfügt. Ich schildere vor allem die kunstvoll gestalteten Spiegel, geradezu zierliche Gegenstände, mit denen von Hand gespiegelt wird. Mosaikartig eingelegte Spiegelplättchen, sage ich, erzeugen lebhafte Lichtreflexe, die gewisse Vögel anlocken, es gibt auch Spiegel, die mit einem Uhrwerk angetrieben werden und an geeigneter Stelle zwischen den Bäumen auf der Lichtung plaziert werden, Lockpfeifen kommen dazu, ein richtiges kleines Orgelwerk abgestufter Pfeifen zum Imitieren von Vogelstimmen, wie ja auch die Käfige mit den Lockvögeln auf unterschiedlichen Höhen an den Eichen oder Buchen befestigt sind, ganz so, wie man verschieden hoch gefüllte Wassergläser zum Singen bringt, jedes planmäßige Morden, schließe ich mit gesenkter Stimme, denn Victoria ist schon eingeschlafen, liebt die Musik.

Zwölfter Turmtag

Das Licht wird mit jedem Tag glänzender, die Schwere des Sommers ist endgültig gewichen. Selbst die Polentabox leuchtet heute in ihrem Grün. Eben habe ich die Turmtür geöffnet, in diesem Augenblick war mir, meine Mutter rufe aus mir heraus, der Rothenthurmer! So grün, nur metallischer, schillerte der Kopf der Wildente im Arm des Rothenthurmers, den meine Mutter schon erspäht hatte, bevor der die Gartentür zwischen den Buchshecken aufstieß. In ihrem Schrei lag nichts mehr von dem Entzücken, mit dem sie trotz allem jeweils die Lauerzer Kirschen begrüßte, sondern nur noch der bare Schrecken. Mein Vater stand stumm in seinem offenen Arbeitszimmer, als ahnte er, daß diesmal die Umwandlung der Wörter in wunderbar greifbare Materie eine fatale Wendung genommen hatte. Der Rothenthurmer, bereits im Hausgang, eine lange Brissago im Mundwinkel, schwenkte vor den Augen meiner Mutter die erschossene Wildente aus dem Hochmoor, er hatte sie nur in eine Zeitung gewickelt, die blutdurchtränkt war, zum Zeichen, daß die Dankesgabe frisch von der Jagd kam. Die Brissago von einem Mundwinkel in den andern schiebend, wobei ein winziger Aschenregen auf die tote Wildente fiel, übergab der Rothenthurmer seine Beute meiner Mutter, heute in der Frühe geschossen, sagte er, jung wie immer, nicht zu klein, da der Braten sonst trokken, nicht zu groß, da er sonst zäh wird, am besten besorgen Sie das Rupfen gleich jetzt, wenn noch die letzte Körperwärme in dem Tier ist, auch das Sengen und Ausnehmen, dann lassen Sie sie ein paar Tage im Keller hängen. Meine Mutter legte die Wildente samt dem blutdurchtränkten Zeitungspapier auf den Rand des Küchentischs und sandte meinem Vater einen hilfesuchenden Blick zu. Der grüne Kopf der Wildente rutschte vom Küchentisch und schlenkerte hin und her, schneeweiß schimmerte ihr Halsring. Mein Vater, wie aus einer rettenden Eingebung heraus, fragte den Rothenthurmer etwas umständlich nach dem Rezept der mit Kastanien gefüllten Ente, und der Rothenthurmer, der gewiß die fundamentale Unbeholfenheit meines Vaters in allen Kochangelegenheiten ihm vom Gesicht ablas, wiederholte bereitwillig, sozusagen als zusätzliche Dankesbezeugung, das schon öfters vorgetragene Rezept; wie man die gesottenen Kastanien in reichlich Butter schwenke, mit den in Wasser aufgekochten Rosinen, den gerösteten Brosamen und dem Rotwein vermische, mit Salz und Muskat würze, alles in Kropf und Bauchhöhle der Ente stopfe und die Öffnung zunähe. Inzwischen hatte sich meine Mutter gefaßt. Sie lud den Rothenthurmer in die Wohnräume ein, holte aus dem Buffet den von ihm besonders geschätzten Eierlikör heraus, schenkte fleißig Gläschen um Gläschen nach und versuchte offensichtlich, den Rothenthurmer zu betäuben, damit er unsere heimliche Verzweiflung nicht bemerkte. Endlich erhob er sich, verließ gut gelaunt das Haus, an der Gartentür drehte er sich nochmals um und rief meiner Mutter zu, vergessen Sie nicht, die Ente vor dem Braten mit einem nassen Holzschlegel mürbe zu klopfen!

Eine Stunde, nachdem der Rothenthurmer gegangen war und man sicher sein konnte, daß er nicht wiederkehrte, holte meine Mutter ein aufgetrenntes weißes Leintuch hervor, wickelte die tote Wildente ungerupft darin ein, packte sie in eine große Tasche und verschwand damit im Dorf. Irgendwann, noch zur Herbstzeit, kam sie vom Metzger mit kleinen Fleischstücken nach Hause, die beim Braten einen ungewohnten Geruch verbreiteten, den meine Mutter mit viel Rotwein, einer mit drei Nelken besteckten Zwiebel und Zitronenschnitzen einzudämmen suchte. Das Ganze mußte lange vor sich hinköcheln, am Schluß gab sie in die Sauce, was sie sonst nie tat, noch einen Löffel Sardellenpaste, und wir alle wußten dann sehr wohl, was in der gedeckten Schüssel lag, zusammen mit Polenta angerichtet. Mein Vater saß am oberen Ende des Tischs, er hatte wieder einmal, was in seiner Zerstreutheit hie und da vorkam, zwei Hemden übereinander angezogen, es trat erst jetzt zutage, als er zum Essen seinen verkleisterten Leinenkittel ablegte. Meine Mutter, die in ihrem Innern vielleicht bereits eine beiläufige Bitte formuliert hatte, in nächster Zeit keine Eingaben und Vorstöße mehr für den Rothenthurmer zu verfassen, quittierte es mit einem nachsichtigen Lächeln, auch uns Kindern war es ganz unmöglich, unserem Vater wegen der Folgen seiner Wortgewandtheit zu grollen. Schweigend tunkten wir die Polenta in die rotbraune Sauce, es schmeckte im Grunde doch köstlich. Mir tat es nur leid um den grünschillernden Kopf der Wildente, wie mußte er in der Sonne geblitzt haben, wenn sie über das im Herbst feuerfarbene Hochmoor flog! Aber jetzt war der Kopf gar nicht mehr vorhanden, die Wildente war für uns zu kleinen Bratenstücken zusammengeschrumpft, und wir empfanden zwar keineswegs dem Rothenthurmer, doch ihr gegenüber ein Gefühl von Dankbarkeit.

Ich hebe die Polentabox auf und trage sie in den Turm. Nur einen einzigen Löffel jener sämigen Sauce meiner Mutter dazu! Oder sogar ein gebratenes Entenstück. Aber vielleicht möchte ich nur noch einmal um den Tisch im dunkelnden Haus sitzen, in wortloser Komplizenschaft, in der alle Fragen anwesend sind, doch eingebettet in diese untergründige Zusammengehörigkeit. Heute will ich meine Polenta nicht allein essen. Ich werde Victoria dazu überreden, sie mit mir zu teilen. Eigentlich lebe ich hier im Turm ziemlich ungesund, könnte mir Victoria nicht ein paar Trauben oder Feigen aus dem Washington mitbringen? So ungemein mich die Turmregel anzieht, so unwiderstehlich reizt es mich, gegen sie zu verstoßen. Im Zwischengeschoß versuche ich, durch den Lichtschlitz das Washington zu erblicken. Ist es möglich, daß die Bäume des Hotelparks so gewachsen sind, daß sie die obersten Fensterreihen, das ziegelrote Dach, sogar den in Menschengröße geschriebenen Hotelnamen verbergen, den man doch schon vom Bahnhof aus sieht? Selbst vom Dachbodenfenster aus gelingt es mir nicht, das Washington auszumachen. Aber diese Stadt ist dauernd mit neuen Konstruktionen beschäftigt, wahrscheinlich nimmt mir ein vor kurzem entstandenes Gebäude die Sicht. In diesem Moment entdecke ich unweit der Alhambra, auf dem Platz der Unabhängigkeit, zwei gestikulierende Personen, die sich dem Turm nähern. Der Sekretär und der Architekt! Rasch vergewissere ich mich, daß das Hotelschild an der Tür richtig hängt, raffe ein paar Blätter der Turmdokumentation zusammen und setze mich im Zwischengeschoß auf den Boden. Da mir durch Victorias unregelmäßiges Auftauchen jede chronologische Reihenfolge der Vorgänge im Beobachtungsturm sowie auf der sich vorzustellenden Lichtung durcheinandergeraten ist, und ich auch bemerkt habe, wie ihre anfängliche Teilnahmslosigkeit oft einer Anspannung weicht, als käme ich ihr mit meinen Schilderungen zu nahe, schwanke ich immer mehr, ob ich gewisse Turmfakten nur andeuten oder zumindest aufschieben soll. Von den Fangnetzen habe ich noch gar nicht gesprochen, aber soll ich wirklich auch die Vogelschlingen erwähnen, in denen sich die Vögel wie an einem Galgen selbst erwürgen? Das rasende Geflatter, das Zappeln in Panik, das Verspritzen des Kots, das langsame Hervortreten der kleinen Vogelaugen, die letzten Zuckungen? Und daß die Vögel sich oft nicht kunstgerecht, also mit dem Hals erhängen, sondern mit den Beinen, danach kopfüber baumeln und erst nach stundenlanger Qual verenden?

Es klopft. Ich öffne die Turmtür nur einen Spalt. Doch der Sekretär ist allein. Sie sind beschäftigt, wie ich sehe, sagt er leise und deutet auf das Schild, wo haben Sie das bloß her? Im Moment ist gerade niemand da, sage ich und drehe das Schild um, ich habe aufmerksame Besucher aus den Grandhotels, die mir die Arbeit erleichtern. Aber wo ist der Architekt geblieben? Sie haben uns gesehen?! ruft der Sekretär, er wollte Ihnen unbedingt einen Turmbesuch abstatten, nur mit Mühe konnte ich ihn davon abhalten! Er ist plötzlich davon besessen, Ihnen mitteilen zu müssen, was ihn auf die Rekonstruktion des Turms gebracht hat, und wie sehr die Vogelfanganlage mit dem Baumeister, an den das frühere Modell erinnerte, zusammenhänge. Mit dem früheren Modell auf dem Wasser? frage ich vorsichtig. Ich nehme nicht an, sagt der Sekretär, daß Sie sich das hätten anhören wollen, seine ganze Suada über die am wenigsten beachteten Elemente bei jenem von ihm verehrten Baumeister, also nicht nur über die den Gegensatz zwischen Schwarz und Weiß auflösenden Böden, sondern vor allem über die virtuelle Explosionskraft der Säulenordnungen. Nur scheinbar, behauptet der Architekt, ist dieser Frieden, diese Melancholie der so oft in die Steinsäulen gebannten Cherubim. Wie erschöpfte Riesenvögel ließen sie die mit höchster Naturgenauigkeit gemeißelten Armschwingen hängen, darunter schlaff die Handschwingen, manchmal wie im Schlaf übereinandergelegt. Wie würden doch alle stürmischen Linien, Torsionen und Kurven dieses Baumeisters in den müden Cherubimsflügeln enden! Auch in den wenigen verbliebenen Zeichnungen, denn er habe die meisten verbrannt, tauchten diese Cherubim auf, die Gesichter versteinert über soviel Abkehr der Menschen vom Paradies. Aber unter ihrem Gefieder würden sie noch immer das flammende Schwert verbergen, könnten sie wieder kämpfen, welches Aufrauschen ihrer Flügel ginge dann durch die Welt! Darauf verlor sich der Architekt, sagt der Sekretär, erneut im Rühmen der so genau der Vogelnatur entsprechenden Cherubimsflügel, wie exakt Flügelbug und Flügelbinden denjenigen von Riesenvögeln entsprechen würden, nein, es wäre Ihnen bestimmt zuviel geworden!

Kein einziges grünes Pedalo tuckert heute auf dem Wasser herum. Im äußersten Rondell des Stadtparks, wo niemand sitzt, bewegen sich die Blätter der zwei Olivenbäume silbrig im Wind. Doch, sage ich, und drehe das Hotelschild um, ich glaube, ich hätte das gern gehört. Bringen Sie das nächste Mal Wolldecken mit?

Dreizehnter Turmtag

Aus dem gemeinsamen Polentaessen mit Victoria ist nichts geworden. Bis spät bin ich aufgeblieben, vom Zwischengeschoß auf den Dachboden hinaufgestiegen und wieder hinunter, um Victoria auf dem Quai kommen zu sehen. Gegen Mitternacht, als es auf den Straßen der Stadt immer stiller wurde, zog ich mich mit der Turmdokumentation auf den Abort zurück, steckte eine Kerze in die Halterung, die perfekt paßte, und begann beim Kerzenschein zu lesen. Ich zweifelte wieder einmal, ob ich Victoria auch nur etwas von der Atmosphäre um und im Beobachtungsturm, in einer nebligen Herbstfrühe, hatte vergegenwärtigen können, die aufs vorsichtigste beschränkten Bewegungen, die unhörbaren Schritte, die stummen Zeichen. Nicht einmal die Augen bewegen, auch wenn sie noch so tränen! war die Order der Vogelfänger. Habe ich vom entnervenden Warten in der feuchten Kühle gesprochen, den Nacken steif vom unentwegten Hinstarren auf einen einzigen Punkt am Horizont? Allein am Flügelschlag erkennt der Vogelfänger einen Schwarm, woher er kommt, und wie lang er schon unterwegs ist. In dieser Gegend, nach dem Überqueren der verschneiten Berge und Pässe, gibt es noch die großen geschlossenen Vogelzüge. Aber ich war zerstreut. Ich horchte auf das Klopfen Victorias an der Tür, oder ihre Schritte auf der Plattform, ging immer von neuem ins Zwischengeschoß hinauf und spähte durch den Lichtschlitz. Endlich blies ich die Kerze aus und stieg auf den Dachboden. Das Bett Victorias wirkte unberührt, als hätte sie nie darin gelegen. Erleichtert stellte ich fest, daß keiner ihrer Plastiksäcke fehlte. Sie mußte wiederkommen. Erneut betrachtete ich, vom Treppenabsatz aus, ihr Bett. Dann sah ich zu dem meinigen hinab, das dort unten in der Nachtdunkelheit sich deutlich abzeichnete und wie durchsichtig auf dem Grund schwamm, und auf einmal war mir, ich sähe fremd in mein eigenes Leben, oder als sei ich, wenn Victoria nicht da war, gar nicht vorhanden.

Jetzt bin ich schon wach, obwohl aus dem Stadtpark erst ganz leises, wie noch mit Stille gefüttertes Vogelgezwitscher zu mir dringt. Ich horche ins Dachgeschoß hinauf. Alles lautlos. Ich eile die Treppe hoch, hinter den Bergrändern flammt schon die Helle. Victorias Bett ist leer. Eine unbestimmbare Unruhe erfaßt mich. Ich kann nicht mehr schlafen! Ich schiebe die Fensterläden auf dem Dachboden zurück und lehne mich hinaus. Fröstelte es mich vorgestern tatsächlich im Turm? Laue Luftwellen streifen mich nun, eine Ahnung plötzlich wiederkehrender Wärme, die so oft dem Herbst vorausgeht, nochmals den Himmelsraum mit weißen Sternen füllend, wie am Ende einer Juninacht. Der Morgen kommt. Und der üppige Tau, das ausschießende Grün der Wälder, das Schäumen der Robinien läuten wirklich erst den Sommer ein. Oben auf der Hügelkuppe, fern am Horizont, sitzt das Mädchen mit dem Pagenschnitt auf der Türschwelle des Turms. Aber es trägt die Haare jetzt lang, fast bis zu den Hüften, und wenn es später im hohen Gras liegt, das vom Juniwind bewegt wird, fließen seine Haare mit. Das Mädchen hat seine Bergschuhe angezogen, die es haßt, es ist früh aufgestanden, was es noch mehr verabscheut. Aber es hat über seine Mutter, die Fuchsfrau, gesiegt, die nur mit ihm, ohne einen fremden Mann, nur mit ihm allein in der Frühe ausgezogen ist. Es ist sogar die letzte steile Anhöhe vorausgesprungen und lauert wie ein Kobold hinter dem kniehoch blühenden Gras, dann besetzt es die Türschwelle des Turms, es ist der Turm mit der geschweiften Nordfassade. Gewaltige Buchen wachsen dicht um ihn und verzweigen sich wie rauschende Flügel, wie sicher wähnt sich das Kind in ihrem Schatten, sicher vor Verfolgung und jeder Entwurzelung. Tief unten in den Tälern gleißen die Dächer in der Morgensonne, Junikäfer schwirren aus dem duftenden Gras hoch. Die Mutter aber sieht leicht unterhalb des Turms, auf der Lichtung der Hügelkuppe, dem ungeübten Auge kaum noch erkennbar, den doppelreihigen Baumkreis, in den Blätterkorridoren voll süßer Täuschungen und Betrugs, und unüberhörbar, in allen Wäldern der Welt, schwillt das Zetern der gequälten Vögel an. Das Kind schneidet eines seiner komischen Gesichtchen, um die Mutter zu entzücken, darauf läßt es sich platt zwischen die hohen Rispengräser und Kerbelstauden fallen. Doch plötzlich richtet es sich halb auf und dreht den Kopf, mit unausweichlichem Ernst richtet es seine Augen auf die Mutter. Hört es den Aufbruch, die Schreie in ihrem Innern? Gilt es denn nicht mehr, dies: kein Zurück, kein Ausbrechen, geradeaus den Königsweg der Liebe?

Die Polentabox liegt noch nicht vor der Tür. Als man mich in den Turm gebracht hatte, war mir von der Stadtverwaltung ausdrücklich versichert worden, daß es sich bei meiner Bewachung keineswegs um Beschattung handle. Das fehlte noch! hatte ich energisch ausgerufen, worauf mir der Sekretär, wenn ich mich recht erinnere, einen anerkennenden Blick zuwarf. Vom ersten Tag an schwor ich mir, mich nicht um meine Bewachung zu kümmern. Die Stadtverwaltung hatte sie zudem als sporadisch bezeichnet, was ziemlich witzig ist, da ich täglich auf meine Polenta angewiesen bin. Solange Victoria da ist, vergesse ich meine Bewachung. Aber heute? Wo mag Victoria nur stekken. Es ist mir absolute Indifferenz gegenüber den Turmbesuchern aufgetragen worden. Inzwischen öffnen die Bars am Quai, das Rollen des Verkehrs wird lauter, könnte ich nur hinüber in den Stadtpark laufen. Nicht um die glänzend dunkelgrünen Blätter der riesigen Magnolie zu befühlen, den rostroten Flaum auf ihrer Unterseite, sondern tiefer parkeinwärts zu gehen, bis zu jenem verkrüppelten Baum, der wie ein müdes Reptil nur wenig über dem Boden dahinkriecht und von zwei Pflöcken gestützt werden muß. Ich schließe die Augen und lege den Kopf auf die ausgetrocknete Rinde, die von hornigen Schuppen und Schildern bedeckt ist, es ist mein Leguan, der sich hierher verirrt hat, meine Meerechse, die den Weg ins Wasser nicht mehr findet. Wie fehlt mir alles auf einmal. Auch der schwarze Kater läßt sich nicht blikken. Was wird das für ein Tag werden?

Vierzehnter Turmtag

In der Frühe klopfte es laut an die Turmtür, als rufe mich jemand inständig, oder als würde ich von mir selbst abgeholt. Unruhig stand ich auf. Es war noch dunkel und niemand vor dem Turm. Jetzt wage ich nicht mehr einzuschlafen. Ohne ins Dachgeschoß hinaufzuhorchen weiß ich, daß Victoria auch diese Nacht nicht zurückgekehrt ist. Das Schlafen ohne ihre fast unhörbaren Geräusche ist ein anderes. Wollte ich mich nicht, nur noch einmal, ungestört in diese Welt versenken? Aber ohne Victorias Anwesenheit strömt der Turm bereits etwas von der Verlassenheit aus, welche jene Beobachtungstürme umgibt, die auf einsamen Hügelkuppen verrotten, als Ruine auf einer Grasinsel in einem Autobahnkreuz überleben, oder in dichten Wäldern bis auf die Grundmauern verfallen sind, so daß einen nur flüchtig, wenn eine Lichtbahn durch das Blätterdickicht über sie hinwegwandert, ein Grauen streift, als beträte man eine Hinrichtungsstätte.

Doch warum nehme ich nicht wieder vom Dachboden Besitz? Der Anblick von Victorias Plastiksäcken beruhigt mich. Sie stehen in unveränderter Reihenfolge um das Bett. Aber gerade die Tatsache, daß Victoria ihre Sachen nie auspackt und herumliegen läßt, weckt doch auch wieder diesen Eindruck des Vorläufigen,

Reisefertigen. So standen in der Dämmerung des Dachbodens die Koffer meiner Familie herum, wie im Halbschlaf, doch mit diesem Rufbereiten, aufzubrechen, wohin es auch sei. Gab es, außer den von den Balken baumelnden Palmsonntagszweigen, dem Schrank mit dem Ballkleid meiner Mutter, überhaupt etwas anderes auf dem Dachboden als diese hintereinandergestapelten Koffer? Nein, nichts als Koffer, als wäre meine Familie nur gereist. Koffer aus verschiedenen Moden und Epochen, truhenförmige Überseekoffer, unterschiedlich große Koffer mit schweren Gurten, mein Spielgefährte aber war ein kleiner Lederkoffer mit metallisch glänzenden Schnappschlössern. Die Ränder waren weiß abgesteppt, und auf dem Kofferdeckel klebte eine Etikette, die meinen Ortssinn wohl für immer ein wenig verwirrte. In den Glutfarben des Sonnenuntergangs schimmerten da die Kuppeln und Türme einer Stadt am Meer, vorn am Wasser ein fast orientalischer Palast, daneben ein hoher schlanker Turm wie aus Tausendundeiner Nacht, in den Kumuluswolken darüber stand Hotel Berlino Venezia. Aber was befand sich nun wo? Es war der einzige Koffer, den ich zu öffnen wagte, obwohl das synkopisch versetzte Aufschnappen der beiden Schlösser noch unheimlich genug auf dem Dachboden widerhallte, doch er war zu klein, als daß irgendein riesiges vertrocknetes Tier darin liegen konnte. Den Kofferdeckel zu heben war, wie in das modellartig verkleinerte Schlafzimmer meiner Mutter einzutreten. Dasselbe verblichene Lachsrot ihrer Vorhänge stattete das Innere des Koffers aus, ein gefältelter Stoff mit Druckknöpfen bildete mehrere kleine Abteile. Vergilbtes Seidenpapier raschelte im Kofferinnern, leise ächzten die schmalen Lederriemen, die den Deckel hielten. Sonst nichts. Etwas entzog sich mir, eine geheime, verstummte Geschichte, und entzündete das Fernweh in mir. Aber wohin sollte ich dem Entflohenen nachreisen? Nach Venezia oder nach Berlino?

Ein einziges kofferartiges Gebilde gab es noch auf dem Dachboden, das ich ohne Furcht öffnete. Es glich eher einer Trommel und enthielt die schwarze Hochzeitsmelone meines Vaters. Ich fuhr mit dem Fingernagel über das gerippte Band, mit dem die schwungvolle Krempe eingefaßt war, was ein melodiöses Summen erzeugte. Die Kopfform war innen mit einem Lederband versehen, auf dem die Marke Boreal eingraviert war, in goldleuchtender Schrift, Boreal stand auch auf dem sich dem Kopf anschmiegenden weißen Innenfutter, das wie dem Brautkleid meiner Mutter entliehen schien. Das Irritierende aber war, daß ich diese Melone in keiner Weise richtig auf meinen Kopf brachte, während doch mein Vater, was die Schweißflecken bewiesen, den Hut durchaus getragen hatte. Gewiß war, bei seiner großen Gestalt, der lange schmale Kopf auffällig an ihm, die ausdrucksvollen Lippen rührten, sagte meine Mutter, vom Blasen des

Waldhorns her, aber seine Hände, ebenfalls eine Feststellung meiner Mutter, waren Frauenhände. Doch daß mir die Melone so gar nicht passen wollte? Eine unangenehme Ahnung beschlich mich, daß etwas an der Behauptung sämtlicher Familienmitglieder, ich habe einen unvorstellbaren Trotzkopf, wahr sein könnte. Aber dann beschwichtigte ich mich selbst mit der Tatsache, daß auf keinem der Hochzeitsbilder mein Vater die Melone auf dem Kopf trug, sondern immer nur in seiner linken Hand, zusammen mit den weißen Handschuhen, ganz so, als wäre die Melone auch nicht seinen Maßen entsprechend, oder als hätte seine Verwandlung zum Grauspecht bereits begonnen.

Vor dem Turm ist ein Tumult im Gang. Aufgebrachte Stimmen, Hin- und Widerreden, ungeduldiges Klopfen an die Tür. Ich bleibe auf dem Dachboden und rühre mich nicht, ich versuche sogar, das Blinzeln mit den Augen zu unterlassen. Wenn nur dieser Turm nicht so ausgesetzt auf dem Wasser stünde! Je mehr ein Gebäude von der Natur zurückerobert wird, Weinlaub oder Glyzinien die Mauern überwuchern oder zwischen die Fensterläden sich Hagebutten zwängen, desto mehr fühle ich mich zu Hause. Dieser Turm aber ist vollkommen nackt. Oft fürchte ich, daß er bei gewissem Lichteinfall durchsichtig wird und man wie auf einem Röntgenbild entdeckt, daß Victoria und ich allein im Turm sind. Unterdessen entfernen sich endlich die Stimmen. Ein leichter Sturmstoß kommt von Norden her. Die Plattform schaukelt. Triebe das Floß doch vom Ufer weg! Zu Hause? Ein bewohnbares Viereck auf dem Wasser genügt.

Erneut schreckt mich ein Klopfen auf. Diesmal aber ist es ein rücksichtsvoll insistierendes Klopfen. Dann höre ich die mir bekannte Stimme. Tatsächlich schon wieder der Sekretär? Ich stellte mir die Wäscheübergabe ziemlich beiläufig vor, aber er taucht etwas zu häufig hier auf. Zum ersten Mal kommt mir der Verdacht, ob er mein Bewacher ist? Betont gleichgültig öffne ich. Kaum wird der Sekretär meiner ansichtig, schlägt er sich an den Kopf. Die Wolldecken! ruft er, wie konnte ich die Wolldecken vergessen! Da haben wir es, denke ich, dauernd findet er Gründe, hier aufzukreuzen, er könnte durchaus mein Bewacher sein. Höflich nehme ich das Wäschepaket entgegen, beuge mich aber dabei ein wenig herunter und schnuppere am eingesteckten Pfefferminzstrauß. Der Sekretär klemmt die schmutzige Wäsche unter den Arm, ich richte mich auf, um mich zu verabschieden. Sie sind ja leider im Turm ohne Strom, also von einem Computer für Sie kann nicht die Rede sein, sagt der Sekretär und prüft mich mit einem Blick, als kontrolliere er meinen Gesundheitszustand, doch im Keller der Stadtverwaltung befindet sich noch eine kleine Reiseschreibmaschine, falls Sie, eventuell, danke, unterbreche ich ihn, ich bin vollauf beschäftigt mit meinen Besuchern. Wenn Sie wüßten, wie mich das erleichtert, ruft der Sekretär mit Wärme aus, wir haben auf der Stadtverwaltung derart mit der Verunreinigung des Sees zu kämpfen! Von all dem Abfall, der vom Quai aus ins Wasser geschmissen wird, will ich schweigen, aber zusätzlich haben wir es dauernd mit Leuten zu tun, die auf den Hügeln dieser Stadt spät noch ein neues Leben anfangen wollen, dann zwar bald das Trügerische ihres Entschlusses ahnen und aus einem Anfall von Zerstörungswut heraus sich nachts ein Ruderboot beschaffen, halbe Schlafzimmereinrichtungen demolieren und samt Nachttischlämpchen und zerfetzten Gemälden im See versenken. Müßten wir auf der Stadtverwaltung nicht damit rechnen, daß Sie die kleine Reiseschreibmaschine eines Tages aus dem Turm werfen würden? Ölbilder, sagt der Sekretär, lösen sich mit den Jahren wenigstens auf, aber wenn Sie einmal die mit Messern zerkratzten und zerschnittenen Portraitfotos auf dem Grund des Sees sähen! Die Augen auf diesen Portraitfotos schauen mich nachts oft an, sage ich zum Sekretär, je spiegelglatter ein See, desto größer die Versenkungsgefahr. Bedenken Sie das ruhige Leuchten dieser Seearme zwischen den Gebirgszügen, den Frieden der glitzernden Buchten, ganz ohne Ebbe und Flut! Aber in der Nacht treiben die von Teer verschmierten und geschwärzten Portraitfotos hoch, gefolgt von wirklichen Ertrunkenen, alle unsere heimlichen Mitbewohner und Verschwundenen, und aus dem Mittelmeer, das längst ein immenser Friedhof ist, schwimmen die Leichen von Flüchtlingen durch Flüsse und Kanäle bis zu uns, hie und da bleiben sie an einem Stauwehr hängen, bereits verstopft von ölverklebten Wasservögeln, ganzen Populationen von in Ölteppichen erstickten und ineinanderverklumpten Vögeln! Möchten Sie nicht doch, ruft der Sekretär und ist schon ans Ende der Plattform geeilt, die kleine Reiseschreibmaschine? Doch zuerst hole ich Ihnen einen Espresso!

Der Sekretär ist längst in die Stadtverwaltung zurückgekehrt, als mir einfällt, daß ich ihn nach dem Washington fragen wollte. Ich gehe auf die Plattform hinaus und suche den menschengroßen Hotelnamen über den Dächern der Stadt. Aber die Sonne ist am Sinken, ein flammender Dunst liegt in der Luft. Alle Silhouetten wirken weicher, schwerelos, fast durchsichtig. Einige Stadtteile gleiten in den Schatten, andere stehen im letzten Glanz. Nicht der geringste Luftzug ist nun zu hören. Alles hält den Atem an. Auf der stadtabgewandten Seite des Turms lege ich mich nieder, die Plattform strahlt noch Wärme ab. Ein Vorgefühl, daß Victoria auch heute nicht kommt, erfüllt mich, ich schließe die Augen und öffne sie nur noch manchmal, ringsum erlöscht die luftige Glut. Ich muß eingeschlafen sein. Als ich erwache, liegt dicht neben mir, langgestreckt wie ich, der schwarze Kater. Mit geschlossenen Augen fahre ich mit der Hand über sein Fell, was er das erste Mal geschehen läßt. Und allmählich löst sich aus seinem Zungengrund jenes zuerst kaum vernehmbare, dann immer stärker anschwellende Geräusch der Zustimmung, rhythmisch, unaufhörlich, und ich überlasse mich, als wäre es das plötzlich hörbare Rotieren der Erdkugel selbst, ganz seinen Schwingungen. Später, die Dämmerung ist hereingebrochen, öffne ich die Augen und blicke direkt in diejenigen der Katze, die unentwegt neben mir ruht. Ihre Pupillen sind jetzt geweitet, fast das Auge ausfüllend, ein Abgrund, leuchtend schwarz, weder Frage noch Antwort, bis zur Schmerzgrenze intensiv.

Im Schlaf muß ich geschrieen haben, gebrüllt wie ein Tier, das abgestochen wird. Der Turm ist noch erfüllt von meinem Schrei. Ich bin wieder am Tisch des öffentlichen Amts gesessen, auf einmal fremd in der eigenen Stadt. Alle Tatsachen, die ich vorbringe, stoßen auf Schweigen. Alles, was ich darlege, Krankheit, Sucht, Gewalt, prallt an einer Mauer des Unverständnisses ab. Weder des Kindes Dasein noch meine eigene Bedrohung haben Gewicht. Mit höchster Vernunft, glaubte ich, muß ich berichten, nie erhebe ich die Stimme, nüchtern schildere ich die Fakten. Umsonst. Da senke ich den Kopf, bis auf die Tischplatte. Ich, die ich in diesem versehrten Körper die Stürme meiner Sehnsucht bändigte, die schrecklichste Liebe meines Lebens auf mich nahm wie einen Bruder, ich sollte keine Wahl mehr haben? Man spricht mir das einzige ab, was ich noch besitze, das letzte Menschenwürdige, die Wahl. Und da tritt, wie in einem Vorgang des Tods oder der Geburt, mit tierischer Wucht etwas aus mir heraus und leistet Widerstand. Etwas jetzt vollkommen außer mir, etwas, das nichts ist als Schrei, ein brüllender, alles zerreißender Schrei, dessen Echo sich durch das Amtszimmer hindurch auf die Gänge fortsetzt. Blicke eher voller Abscheu denn Entsetzen heften sich auf mich. Man will mich hinausführen. Ich aber stehe auf, plötzlich ruhig, und lehne jede Begleitung ab. Allein gehe ich durch das Wartzimmer voller Afrikanerinnen, Südamerikanerinnen, Tamilinnen, die mich überrascht mustern, ihnen unbekannt, und doch wie verwandt.

Im Zwischengeschoß ist es noch dämmerig. Wenn ich ohne Gedanken sein möchte, komme ich hier herauf und setze mich auf den bloßen Holzboden. Hinter dem Lichtschlitz wirbeln Blätter durch die Luft, ob es auch eine Schießscharte war? Es sind kleine Blätter, vielleicht Birkenblätter, oder auch Pappelsamen, sie fliegen quer, sogar in einem leichten Aufwärtskreisen, durch den heute fahlblauen Morgenhimmel. Ich stehe auf und blicke zu der Magnolie hinüber, die das Kupfertürmchen der Villa verdeckt. In diesem Augenblick sehe ich Victoria im Palmenwäldchen, nahe beim Eingang des Parks, verschwinden! Kein Zweifel, es ist ihr purpurfarbenes T-Shirt, das im Nacken zusammengebundene Haar. Gleich muß sie hinter dem Palmenwäldchen hervorkommen, ob sie an der Magnolie vorbei hinüber zu der Piniengruppe laufen wird? Ich bin wie elektrisiert von ihrem Wiederauftauchen, mit einem Schlag in die Gegenwart versetzt. Indessen kommt Victoria keineswegs zum Vorschein. Was macht sie nur in dem Palmenwäldchen? Die wenigsten Leute beachten diesen Ort, die eher niedrigen Palmen, die dicht nebeneinander wachsen und in einem geschlossenen Kreis stehen, so daß es selbst bei hellem Wetter darin dunkel ist wie in einem Wald. Auch ich bin manchmal dort eingetreten, an heißen Sommertagen, um mich abzukühlen, aber der Ort kam mir immer verwunschen vor. Die Stämme der Palmen sind zottig behaart, voller Wülste und Narben, und von einigen stehen die Faserhaare in solchen Büscheln ab, als wäre man nicht von Bäumen, sondern von vorzeitlichen Menschen umringt. Aber wo steckt nur Victoria? Und was treibt sie überhaupt am Morgen hier am Quai? Die Sache mit dem Obst aus dem Washington, jedenfalls, kann ich mir wohl aus dem Kopf schlagen.

Ich öffne, zum ersten Mal mit Appetit, eine luftdicht verschlossene Brioche und hole im Abort, meinem Lesekabinett, ein paar Dokumentationsblätter. Obwohl ich eine geradezu aufgeregte Freude vor mir nicht verbergen kann, werde ich Victoria natürlich empfangen, als hätte sie mir nicht gefehlt. Vor allem muß ich etwas Ordnung in die Vergegenwärtigungen des Turmlebens bringen. Noch immer nicht habe ich die Baumkorridore erwähnt! Aber da Victoria endlich wieder da ist, scheint es mir angebracht, ihr heute abend von den Fangnetzen zu erzählen, diesen in eben jenen Baumkorridoren hängenden Netzen aus Seide oder Baumwolle, drei bis viereinhalb Meter hoch, mit verschiedenen Maschenweiten, ausgeklügelten Maßen für das sichere Verderben jeder Vogelart: kleine Maschenweiten für Zeisige, Grasmücken, Grauschnäpper, größere für Buchfinken, Grünfinken, Distelfinken, sodann spezielle Maschenweiten für Amseln,

Lerchen, Kernbeißer. Weitere Netze, in denen sich die Vögel erhängen sollen, sind zudem außerhalb der Baumkorridore befestigt, meist linear aufgestellte Fangnetze, dem Waldrand entlang, oder parallel zu einer Rebzeile. Betonen muß ich in diesem Zusammenhang nochmals die besondere Eignung von Eichen oder Buchen für die ganze Anlage, da diese Bäume ihre Blätter erst spät verlieren und so dem Vogelfänger mit Laub vollgewehte Fangnetze ersparen. Das Herausklauben der Blätter noch vor Tagesanbruch stellt eine Geduldsprobe dar, eine Sisyphusarbeit vor allem bei andauerndem Nordwind.

Ausgerechnet jetzt, da ich Victoria erwarte, kommt der Sekretär den Quai entlang, die Wolldecken unter dem Arm. Hoffentlich bleibt Victoria noch eine Weile unsichtbar. Ich gehe dem Sekretär auf der Plattform entgegen, die Szene wird ihr vom Palmenwäldchen aus nicht entgehen. Sie müssen meinetwegen unnötig oft Ihre Arbeit verlassen, sage ich nicht ohne leichten Spott zum Sekretär, so viele Dienste möchte ich gar nicht in Anspruch nehmen. Der Sekretär fixiert mich, traurig erstaunt, will mir scheinen. Sie unterschätzen mich, sagt er, Ihnen diese Wolldecken zu bringen ist mir ein Privileg. Als ich in diese Stadt kam, strebte ich keineswegs das Amt eines Sekretärs an, etwas viel Untergeordneteres schwebte mir vor. Beispielsweise hätte ich mich gern in eine der Putzmannschaften eingereiht, die früher vor Saisonbeginn in den Grandhotels beschäftigt wurden. Wie befriedigend stellte ich mir das Verteilen der Bodenwichse auf dem Parkett vor, acht bis neun Mann auf den Knien, in einer Linie vorrückend, im Takt dieselbe Armbewegung ausführend, fünf Kilo Bodenwichse verschwanden so im Nu, und mit ihnen die Champagnerflecken vergangener Soireen, die Absatzspuren der Tanzschritte, und nach dem Blochen glänzten die Saalböden wie der Seespiegel an einem Frühlingsmorgen! Aber natürlich wird das längst maschinell erledigt. Dafür kam der Stadtverwaltung meine Erfahrung in allen Katasterbelangen sehr gelegen, und inzwischen bin ich sowieso weniger als Sekretär denn als Insektenanwalt bekannt.

Ganz kurz glaube ich, das purpurfarbene T-Shirt Victorias zu sehen. Doch vielleicht täusche ich mich. Auch kann ich kaum den Blick vom Sekretär abwenden. Irgend etwas fesselt mich an ihm. Nein, nicht die nachlässige Kleidung und nicht das ungebärdige Haar, weder die Sommersprossen noch die unruhigen Augen. Sondern eine im Innern aufscheinende, endlich sichtbare Kontur. Warum nur habe ich ihn einmal mit soviel Macht ausgestattet? Macht, über die er nicht verfügte, die er vielleicht bei mir mit demselben Erschrecken wahrnahm wie bei sich selbst. Ein Sog, eine Leidenschaft, eine Unbedingtheit, die wir teilten, die uns aber auch aneinander vorbeitrieben wie Meteore. Ich forsche nach dem einst oft Fiebrigen in seinem Blick. Aber warum wird es mir so mühsam, ihn anzuschauen, als sähe ich ihn zum ersten Mal? Beide stehen wir an diesem Morgen auf dem Floß, nicht als läge dieses fest verankert am Ufer des Sees, sondern als triebe es auf einem Fluß stromabwärts, wie nach einer Geisterhochzeit, fern in einer asiatischen Tiefebene. Hat der Sekretär eben etwas gesagt? Vielleicht wiederholte er seine Eignung zum Insektenanwalt. Ich drücke die Wolldecken an mich. Betrachten Sie mich, fragt der Sekretär, als Ihren Gegenspieler? Nein, sage ich und wende mich zum Turm, ich versuche nur, manches im Gegenlicht zu sehen.

Eine ganze Weile bringe ich damit zu, die Wolldecke für Victoria zu plazieren. Einmal lege ich sie zusammengefaltet auf ihr Bett, dann decke ich es mit der Wolldecke völlig zu, oder ich mache eine Rolle daraus, schließlich soll es eine Überraschung werden. Endlich höre ich Victoria die Plattform betreten. Es ist unzweifelhaft ihr Schritt! Ich muß mich beherrschen, nicht sofort hinunterzuspringen. Unter der Tür aber platze ich ohne Begrüßung heraus, was haben Sie im Palmenwäldchen gemacht? Victoria wirkt nun doch verdutzt. Wortlos tritt sie herein. Entschuldigung für die Verspätung, sagt sie auf der Treppe, aber bereits im Zwischengeschoß setzt sie sich auf den Boden. Sie macht einen übermüdeten Eindruck, in ihren Mundwinkeln sind Spuren von Lippenstift. Haben Sie etwa, frage ich, im Palmenwäldchen übernachtet?

Victoria schaut mich an, als müßte sie sich im Turm erst wieder zurechtfinden. Sie kennen das Palmenwäldchen also auch, sagt sie, ich dachte immer, niemand bemerke es. Es ist mein Zufluchtsort, die haarigen Stämme sind wie die Ziegen meiner Großmutter. Und dann beginnt Victoria, plötzlich sehr beredt, als wolle sie mich von jeder weiteren Frage ablenken, von den beiden Ziegen ihrer Großmutter auf dem Hochland zu erzählen. Die Großmutter hatte die zwei Tiere, mit denen niemand etwas anzufangen wußte, fast um nichts auf einem Markt erstanden. Sofort war der Großmutter das zutrauliche, neugierige Wesen der Ziegen aufgefallen, obwohl diese gar nicht mehr so jung waren, bereits steife Barthaare und ein dickes zottiges Fell hatten. Aber im Gegensatz zu den Hochlandschafen, eher träg und störrisch, behielten die Ziegen bis ins Alter eine zu allerlei Neckereien aufgelegte Art, und als der Großvater längst nicht mehr zu Beerdigungen aufspielte, schliefen die Ziegen neben dem Bett der Großmutter an die Wand gedrückt. Sie, Victoria, sei oft, bevor sie zur Großmutter ins Bett schlüpfte, die Ziegen kraulend auf ihnen eingedöst, das Gesicht in die groben, an manchen Stellen mähnenartigen Fellhaare gedrückt. Die beiden Ziegen seien ihr als das Verwunderlichste auf dem Hochland erschienen, nebst der grellroten Bekleidung der Kinder und ihren wie von Brandwunden entzündeten Wangen und aufgesprungenen Lippen, die dennoch mit einer solchen Lustigkeit herumsprangen, daß sie nicht begreifen konnte, warum ihr Vater aus dem Hochland fort in die Stadt gezogen war. Aber verstehe ich vielleicht, sagt Victoria abrupt und schaut mich herausfordernd an, warum ich hier bin?

Noch bevor es dunkel wird, hole ich die Polentabox und das Wegwerfbesteck ins Zwischengeschoß herauf. Sie essen doch heute, sage ich zu Victoria, mit mir zusammen? Victoria verneint zwar nicht, beobachtet allerdings skeptisch, wie ich die grüne Plastikbox öffne. Kleine Dampftropfen fallen vom Deckel, Victoria beugt sich über das mit einer Gabel gezogene Wellenmuster in der Polenta, dem ich schon gar keine Beachtung mehr schenke. Irgendwie scheint sie erheitert, als hätte sie eine Botschaft entziffert, die mir seit meinem Turmaufenthalt entgeht. Nach zwei Bissen Polenta sagt Victoria, wollten Sie nicht mit den Vögeln weiterfahren? Morgen! rufe ich in meiner aufgeräumten Stimmung, übermorgen! Die Dämmerung bricht so rasch herein, ohne den geringsten Lichtsaum über den Bergen, als würde in der Nacht Regen kommen. Ich schaue Victoria zu, die nun mit sichtlichem Hunger von der Polenta ißt. Im kaum noch erhellten Zwischengeschoß wirkt der verwaschene Purpur ihres T-Shirts wie eine Farbe, die im Abgrund der Zeit verlorengegangen ist. Während Victoria schweigend ihre Mahlzeit fortsetzt, knattert ein Helikopter im Tiefflug über uns hinweg. Nur ein paar Augenblicke fällt das Flackern der Scheinwerfer durch den Lichtschlitz in den Turm, aber dabei intensivieren sich die blauroten Farbflecken in ihrer Brustgegend jäh, als sickere Blut durch das T-Shirt, frisches unaufhaltsam rinnendes Blut, so wie in den Geschichten von ungesühnten Verbrechen längst geschlossene Wunden erneut zu bluten anfangen. Und obwohl ich später mit einem Gefühl des Glücks ins Bett gehe, Victoria schläft wieder auf dem Dachboden! wir werden zusammen durch die Nacht schwimmen, wie auf einem jener riesigen Wasserrosenblätter, die den Amazonas hinabtreiben! warum ist mir auf einmal, schon halb im Schlaf, meine Passionswoche habe begonnen?

Sechzehnter Turmtag

Kurz nach halb sechs erwache ich, springe aus dem Bett und blicke vom Anfang der Treppe aus durch die Bodenluke hoch. Victoria muß bereits gegangen sein. Sowenig wir mit der Zeit die Turmregel, nach Einbruch der Dunkelheit Stillschweigen zu bewahren, beachtet haben, so sehr hat Victoria stets das frühmorgendliche Aufstehen eingehalten. Nur daß ich gerade dann bei ihr die anschaulichsten Vorstellungen über die Fangvorbereitungen im Turm hätte wekken sollen, während Victoria längst in der Stadt untergetaucht war. Sie hat heute im Dachgeschoß die Fensterläden etwas zurückgeschoben, und in der einfallenden Morgendämmerung sehe ich am Boden, neben dem Bett, eine halbvolle Flasche Coca-Cola stehen. Nur knapp widerstehe ich der Versuchung, einen Schluck daraus zu trinken, es ist Victorias Unterpfand des Zurückkommens! Dafür schüttle ich die Flasche kräftig, öffne den Deckel und halte sie ans Ohr, wie als Kind die Flasche Pepita, ein Grapefruit-Getränk, das damals mit dem roten Papagei auf der grünen Etikette wie eine exotische Erscheinung auf den Markt trat. Pepita hatte, nebst dem tänzerischen Namen, berauschend viel Kohlensäure. Ein kurzes Schütteln genügte, und die leicht milchige, hellgrüne Flüssigkeit schäumte über. Lange hielt ich das Ohr an die geöffnete Flasche und lauschte dem verebbenden Knistern nach, als hörte ich von weitem das Brausen des Meers. Über die siedenden Wogen flog aus dem grünen Palmenwald der Papagei, schlug mit den roten Schwanzfedern und krächzte von einem unbekannten Kontinent. Jedesmal, wenn Insassen der Strafanstalt uns neues Brennholz brachten, stellte die Mutter schon am Morgen zwei Flaschen Pepita bereit. Daß wir das Holz aus der Strafanstalt bezogen, war mir nicht ganz geheuer, aber meine Mutter schien angeregt darauf zu warten wie auf eine festliche Abwechslung. Auf jeden Fall legte ich es so an, daß ich sie immer in den Hof hinunter begleiten konnte, einerseits aus Neugier, andrerseits um sie, wenn nötig, zu beschützen. Unter den japanischen Kirschbäumen der Einfahrt fuhr der Camion rasant auf dem Hofplatz ein, und unter Poltern und Krachen entlud er seine Fracht. Meine Mutter begrüßte fröhlich die Sträflinge und war schon bald in ein Gespräch mit ihnen verwickelt, während ich angestrengt deren Mimik und Gestik studierte, um daraus auf vergangene Verbrechen zu schließen. Inzwischen war die Ladevorrichtung des Camions wieder hochgeklappt worden. Die Mutter schenkte Pepita aus, die Insassen der Strafanstalt genossen offensichtlich die Arbeitspause auf der Gartenmauer, einer der Männer wollte sogar bereitwillig mit dem Aufschichten der Holzscheite beginnen, doch meine Mutter wehrte temperamentvoll ab, das ist unsere Lieblingsbeschäftigung! und deutete auf mich. Die Männer lachten zu mir herüber und luden mich zum

Pepitatrinken ein, die Kohlensäure knisterte hörbar, der Palmenwald auf der Etikette rauschte, und ich kam mir ziemlich beschränkt vor, da mir keine passenden Verbrechen zu den Sträflingen auf der Gartenmauer einfallen wollten.

Meine Mutter, mit einem etwas eigenartigen Orientierungssinn für die Zeit ausgestattet, der unter anderem bewirkte, daß sie manchmal das Kochen vergaß, ging in bestimmten Angelegenheiten mit erstaunlicher Planmäßigkeit vor. So entwarf sie jedes Jahr detaillierte wechselnde Bepflanzungspläne für den Garten und hielt diese auf einem speziellen Karton fest. Auch über das frisch eingetroffene Brennholz erließ meine Mutter genaue Verfügungen. Die Holzscheite durften nicht wahllos aufeinandergestapelt werden, sondern es mußten je nach Sorte und Beschaffenheit gesonderte Wände entstehen, und ich kam mit Eifer diesen Erlassen nach, ermöglichten sie doch meine Versteckspiele mit den kleinen warmen pelzigen Wesen, die mein Vater nicht zu Gesicht bekommen durfte. An rasch einbrechenden Herbstabenden verloren meine Mutter und ich, beide mit alten Lederhandschuhen ausgerüstet, uns im akkuraten Aufschichten der Holzscheite. Die Bogentür zum dunklen Hof stand weit offen, in den Kellerwelten brannte nur eine schwache Glühbirne, während das Nachtessen wieder einmal vergessen ging. Niemand von uns ahnte, daß wir später eines Morgens, nachdem eine moderne Zentralheizung installiert worden war und die Mutter über das Ende der Plackerei mit dem Kohleofen aufatmete, benommen, erhitzt, mit ausgetrockneten Lippen wie in einem Schock erwachen würden, als wären wir über Nacht in ein neues Zeitalter katapultiert worden. Die Truhe im Kellergang, die ich früher bis zum Überquellen mit zerknülltem Zeitungspapier, bedruckt mit den Artikeln meines Vaters, gefüllt hatte, das nur dort wartete, die Reise ins Feuer anzutreten, stand gähnend leer. Ein uns alle belebender Kreislauf, die Umwandlung der Wörter in durch das ganze Haus pulsierende Wärme, war unterbrochen. Die alten Zeitungen wurden nun von einem Lastwagen abgeholt, und noch Jahre sollten wir, bei Schneefall oder Gewitterregen, die verschnürten Zeitungsbündel wieder vom Straßenrand hereinholen, da wir nicht mitansehen wollten, wie sich die Artikel meines Vaters in nassen Matsch auflösten.

Über Nacht ist kein Regen gekommen. Es ist nur fast unmerklich kühler geworden. Ich lehne mich zum Dachbodenfenster hinaus. Victoria ist wieder da! Das Gelb der Ahorne im Stadtpark scheint flammender, tief in den See hinein senken sich die Äste, begierig lecken kleine Wellen ihre Blätter. Jetzt leuchtet mein Zitronenhaus im Sonnenlicht auf. Als Victoria verschwunden war, wagte ich nicht mehr, an die dort verbrachten Stunden zu denken. War das ausgebrannte Grandhotel am Anfang der jenseitigen Uferpromenade einst aus einem Kloster entstanden und hatte der Luxus die klösterlichen Strukturen überdeckt, so führte das gelbe Hotel hingegen unser Herumstreunen in den Wäldern bei Einbruch des Winters zurück in seine strengen Gangfluchten mit den Klosterzellen auf jeder Seite. Welche Exerzitien! Aber wenn wir aufwachten, wußten wir nicht mehr, wo wir waren. Dunkelte es über der Stadt oder dem Abenddunst eines abgelegenen Tals? Miteinander einzuschlafen, irgendwo in der letzten Wärme einer Wiesenmulde, über die schon frostige Luft hinstrich, einzuschlafen, ohne es zu merken, bedingungslos einander und der dämmernden Welt ringsum vertrauend: bewußt waren wir uns nicht näher.

Eben hat jemand laut vor dem Turm gerufen, auf spanisch, ich hörte Schritte auf der Plattform, doch kein Klopfen. Auf dem Quai sehe ich niemanden sich entfernen. Wird Victoria gesucht? Unter den Platanen ist es menschenleer. Die Zeitung lesenden Männer sind verschwunden, der Eisstand ist geschlossen. Nur die Innenstadt belebt sich, drüben in der Alhambra hat ein reges Kommen und Gehen begonnen. Noch der geschäftigste Gang wird dort zu einem Flanieren. Liegt es am Rhythmus der Arkaden, ihrer großzügig geschwungenen Kurve? Unordentliche Morgengedanken werden beim Gehen durch die Alhambra plötzlich klar. In den Abendstunden hingegen verlängert sie den Tag, nirgends zögert man das Aufbrechen in den Bars so gern hinaus wie hier. Obwohl in den darüberliegenden Räumen der einstigen Seidenfabrik längst Magazine und Appartments eingerichtet sind und kaum noch jemand weiß, daß in der ersten Zeit nach dem Ende der Seidenfabrikation das fasnächtliche Risottoessen dort stattfand und hinter den von Dampf beschlagenen Scheiben Vermummte sich in den niedrigen Hallen tummelten, geht von der Alhambra immer noch etwas Gemeinschaftliches aus. Die hinter den Säulen nur zu einem Drittel heruntergelassenen Stoffstoren blähen sich im frischen Wind. Gerade sehe ich hinter dem Eckpfeiler, in seinem schwarzen Mantel, den Architekten auftauchen! Merkwürdig, heute bleibe ich ruhig.

Bis am späten Nachmittag habe ich in der Turmdokumentation geblättert. Aber je mehr ich versuche, eine Ordnung in die verschiedenen Vorgänge zu bringen, desto mehr verknüpfen sie sich auf verwirrende Weise mit Victoria. Ist es nun ein Trost oder ein Untrost, daß sie zurück im Turm ist? Steht mir erneut ein Verschwinden bevor? Es ist, als erlebte ich erst an ihr die Zugunruhe der Vögel. Aber ich muß das leuchtende Gleichgewicht nach ihrer Ankunft wiederfinden, die von der Turmregel geforderte aufmerksame Indifferenz. Plötzlich hat mich bei diesen Gedanken eine solche Müdigkeit überfallen, daß ich noch bei Tageshelligkeit auf meinem Bett eingeschlafen sein muß. Im Traum kommen lange Blutschnüre, wie endlos aneinandergereihte scharlachrote Blumenschoten, mit großer Schnelligkeit aus meinem Mund hervor. In immer rasenderem Tempo werden die Blutschnüre aus meinem Rachen an die Luft geschleudert, wo die Schoten zerplatzen, in ihrem Innern öffnen sich augenblicklich zahllose Blutknospen, erschrocken und zugleich hingerissen verfolge ich das ununterbrochene Explodieren. Noch träumend ist mir, Victoria sei eingetreten. Und dann sehe ich sie, wie einen Schemen, an mir vorbei zur Treppe gehen. So lautlos also, denke ich, verläßt sie jeden Morgen den Turm. Als im letzten Dämmerlicht, das von oben auf die Treppe fällt, gerade noch ihre Turnschuhe sichtbar sind, frage ich vernehmlich, wie ist das mit den Wasserrosen auf dem Amazonas, und warum wollte Ihr Vater, daß Sie Victoria heißen? Die Turnschuhe rühren sich eine Weile nicht vom Fleck. Dann beugt Victoria den Kopf zu mir herab, die buschigen Strähnen fallen ihr dabei ins Gesicht, sie muß das Gummiband schon gelöst haben, und sagt, wollen Sie das wirklich hören?

Siebzehnter Turmtag

Mein Vater, so erzählte Victoria gestern, wobei sie in der Mitte der Treppe sitzen blieb, war selten zu Hause. Er kam und ging, ohne Gruß, ohne Abschied. Oft verschwand er wochenlang auf dem Hochland, was Victoria aber nur vermutete, wenn er nach den Ziegen der Großmutter roch. Inzwischen beaufsichtigte die Mutter den Schallplattenladen, in ihrem Haus ohne Dach, wo bei starkem Regen alles naß wurde, Kleider, Betten, das auf dem Müll gefundene Sofa, und nur in dem kellerartigen Verkaufslokal alle Musikplatten sorgfältig mit Plastikplachen abgedeckt werden mußten. Aber so gut wie nie konnte die Mutter eine Schallplatte verkaufen. Die Männer kamen bloß in das niedrige Verkaufslokal, um sich auf eine Kiste zu hocken, einen auf der Straße aufgelesenen Zigarettenstummel zu rauchen und irgendeine Musik zu wünschen, wobei sie sich mit dem Oberkörper im Takt wiegten oder, den Zigarettenstummel im Mundwinkel, mit beiden Händen auf die Schenkel trommelten. Meine kleine Wasserrose, sagte der Vater, wenn er zurückkehrte und Victoria an sich drückte. Eines Tages wirst du deine Geschwister auf dem Amazonas sehen, die riesigen Wasserrosen, sie treiben auf dem Strom, sie haben kein Erdreich, sie haben kein Haus, und nur zwei Nächte sind sie geöffnet, beim ersten Erblühen weiß, beim zweiten rot. Dauert das lang, hatte Victoria gefragt, vom weißen Erblühen bis zum roten? Für manche dauert es lang, antwortete der Vater, andere blühen schon in der nächsten Nacht rot. Verschwand er deshalb vor ihrem fünfzehnten Geburtstag? Diesem Fest, das der Vater für seine Tochter ausrichtet, die ins Erwachsenenalter eintritt, und an dem sie als erste an seinem Arm tanzt? Weit und mit vielen Rüschen besetzt muß das Tanzkleid sein, noch die Ärmsten treiben eine halbe Ballgarderobe für ihre Tochter auf, aber vor allem ist Rosa die erwählte Farbe. Rosa, so nah dem gefährlichen Rot. Die Mutter hatte düstere Vorahnungen. Sie lud die Verwandten nicht ein, man konnte sie immer noch im letzten Augenblick holen. Doch es wurde Nacht, und der Vater blieb unauffindbar. Da gingen Victoria und die Mutter, obwohl es nicht regnete, in das kellerartige Ladenlokal, hockten sich auf eine Kiste und legten ihre Lieblingsplatte auf. Später holte die Mutter das gekochte Huhn. Mit Genuß machten sie sich über den seltenen Leckerbissen her, bis ihnen bewußt wurde, daß sie bei der herrschenden Hitze das ganze Huhn aufessen mußten, da sie keinen Kühlschrank besaßen. Mehr schon verzweifelt als gierig, schließlich in einer Art Wut rissen sie das Huhn auseinander, spuckten Knorpel und Knöchelchen aus. Am Ende saß Victoria, in ihrem von Fettflecken beschmutzten Tanzkleid, mitten in den um sie herum verstreuten Überresten des Huhns wie in einem Raubvogelnest. In jener Nacht, sagte Victoria, als sie wegen des drückenden Verlassenheitsgefühls und des Huhns, das ihr schwer im Magen lag, bis zum Morgen nicht einschlafen konnte, muß ihr zum ersten Mal der Gedanke gekommen sein, fortzugehen. Kurz vor diesem Punkt der Erzählung bin ich wohl eingenickt, denn ich weiß nur noch, daß ich mich plötzlich kerzengerade im Bett aufrichtete und ausrief, wie! fortgehen wegen eines Huhns! Victoria kletterte die Treppe hoch, warum nicht, antwortete sie im Zwischengeschoß, und dann schon vom Dachboden aus, oder wegen eines anderen Vogels?

Das Mädchen mit dem Pagenschnitt, den schwarzen Schonern an Ellbogen und Knien ist nicht mehr am Quai aufgetaucht. Es dauert noch ein wenig bis zu seinem fünfzehnten Geburtstag, obwohl es bereits sagt, wie klein ihm jetzt der Platz vor dem Stadthaus vorkomme, früher sei er ihm so unendlich erschienen, daß es glaubte, es brauche zwei Jahre zum Überqueren. Doch auch es hat, an der letzten Fasnacht, eine Verkleidung ganz in Rosa gewählt, allerdings ein Schweinchen darstellend, ein sehr mißmutiges sogar, mit verdrießlich hängenden Ohren. Überhaupt ist die Schweinslarve wegen der dick aufgeblähten Bakken viel zu groß, das Gummiband muß mit einem Knopf verkürzt werden. Trotzdem bleibt ein Hohlraum, in dem das Grunzen eine eigenartige Resonanz erzeugt, das Schweinchen scheint sich regelrecht daran zu berauschen, es grunzt und quietscht in den höchsten Tönen, trollt sich unter absonderlichen Sprüngen durch die engen Gassen des Dorfs am Berghang und beißt irgendwelche Passanten in die Waden. Diese Schweinchenexistenz ist nach Meerjungfrau und Schneekönigin der früheren Jahre ein gewaltiger Sprung. Das Schweinchen ist übrigens unzertrennlich begleitet von einer munteren Zitrone, denn der Nachbarin ist für das jüngste ihrer Mädchen, nach so vielen alljährlichen Verkleidungen, schlicht nur noch eine Zitrone eingefallen, signalisiert durch ein gelbes Kopftuch. Am Abend sind die beiden müde von ihren Kapriolen, das Schweinchen zieht sich in den Garten auf der Südseite des Dorfes zurück. Bis zum Eindunkeln geht es selbstvergessen mit seinem Konfettisack zwischen Salbei, Lavendel und Rosmarin auf und ab, es hat längst aufgehört zu grunzen. Schweigsam und konzentriert streut es die bunten Konfetti vor sich her, seit seiner allerersten Fasnachtsverkleidung, als ein aufgenähter Pelzschwanz noch als Katze genügte, hat es dies gemacht, wortlos, allein. Wenn der Mond nachts hinter dem Berg hochkommt, werden die Konfetti wie Kieselsteine schimmern und den Weg nach Hause zeigen. Aber eines Tages wird es keine Konfetti mehr zur Hand haben, in der Not wird es sein letztes Brot zerbröckeln, doch wenn es dann im Mondlicht den Weg zum Vaterhaus sucht, werden die Vögel alle Brosamen aufgepickt haben.

Der See, die kegelförmigen Berge, der Horizont werden mit jedem Tag durchsichtiger. Lösen sich auch die

Vögel in der glänzenden Luft auf? Oder versammeln sie sich schon hinter der Stadt zu ihrem Flug in die Winterquartiere? Wie tot der Himmel ohne Vögel erscheint. Mitten am Nachmittag kommt Victoria den Quai entlang auf den Turm zu. Eine größere Menschengruppe hat sich wieder einmal vor der Plattform versammelt und diskutiert ungehalten bei der Orientierungstafel. Victoria geht ohne Zögern an ihr vorbei und taucht im Stadtpark unter. Nach einer Weile steht sie wie abwartend am Eingang des Palmenwäldchens. Die Menschen vor der Plattform wollen sich nicht entfernen, obwohl sich einige von ihnen aus der Gruppe gelöst haben und mit kleinen Kameras in der Gegend herumknipsen. Ich schiebe die noch warme grüne Polentabox in den Lichtschlitz im Zwischengeschoß und hoffe, Victoria entdecke das Warnsignal. Tatsächlich zieht sie sich wieder in das Innere des Parks zurück. Ich gehe hinunter in mein Lesekabinett, fest entschlossen, heute mit Victoria in der Turmgeschichte voranzukommen. Plötzlich entdecke ich, daß mehrere Blätter der Dokumentation, vor allem gegen Schluß, fehlen. Hat Victoria sie etwa als Toilettenpapier benützt? Auch ich habe als Kind noch in manchen Häusern nicht eine Papierrolle, sondern in einem eigens dafür angefertigten Kästchen zerschnittene Zeitungen und Telefonbücher angetroffen, wodurch man mit wildfremden Personen in unerhörten Kontakt kam. Unangenehmer ist mir der Gedanke, Victoria könnte ein paar Blätter entwendet haben, um etwas über mich in der Hand zu haben. Aber warf ich nicht auch einen Blick in ihre Plastiksäcke? Leider habe ich gerade den Schluß der Turmdokumentation erst flüchtig überflogen. Er handelte vom Verschicken noch lebender Vögel als Handelsware, wie sie in lange niedrige Kästen gezwängt und ohne jede Pflege unterwegs befördert werden, und wie die Tiere, halbtot oder tot in ihrem Kot liegend, endlich an ihrem Bestimmungsort eintreffen. In diesen letzten Abschnitten war, glaube ich, vor allem vom Verschicken noch lebender Wachteln die Rede. Diese etwas schwerfälligen Tiere werden besonders leicht eine Beute der Vogelfänger, da sie zwar allein zu ihrer Reise in den Süden aufbrechen, unterwegs sich aber zueinandergesellen und bald eine dunkle Wolke bilden, die hin und wieder in die Tiefe schwebt, um zu rasten, so wie die Wachteln auf den Wellen des Meers ausruhen oder bei Sturm in Gegenrichtung verzweifelt auf das Deck eines Schiffs stürzen und dort wie betäubt liegenbleiben, bevor sie sich zur Weiterreise entschließen.

Victoria klopft. Es ist unser vereinbartes Klopfzeichen. Ich werde mir nichts wegen der fehlenden Blätter anmerken lassen. Aber sollte ich nicht vorsichtiger sein? Wie zuwider ist mir das. Während des gemeinsamen Polentaessens frage ich Victoria nun doch, ob sie mir aus dem Washington gelegentlich ein paar Trauben mitbringen könnte, worauf sie unbestimmt nickt und weiterißt. Haben Sie nicht manchmal, frage ich

Victoria, Lust auf eine Frucht aus Ihrem Land? Allerdings, erwidert sie, ich wundere mich schon lange, daß Ihnen diese Polenta nicht verleidet! Ich bisse so gern wieder einmal in einen Amazonasapfel, den wir so nennen, weil er nur im tropischen Tiefland wächst, das Fruchtfleisch ist weiß und voller schwarzer Kerne. Wir haben die Frucht nie erst halbiert oder gar das süße Fleisch herausgelöffelt, nein, unverzüglich haben wir als Kinder hineingebissen, die lederige Schale ausgespuckt und ebenso die schwarzen Kerne, einen nach dem andern, mit zunehmender Geschwindigkeit, wer am schnellsten die meisten Kerne hintereinander auswarf, hatte gewonnen! Jäh steht Victoria auf und, den Mund voller Polenta, beginnt sie diese in einem rasch sich beschleunigenden Tempo auszuspucken, innerhalb weniger Augenblicke bin ich, am Boden sitzend, von Polenta vollgekleckert. Jetzt verschluckt sich Victoria, ihr Gespucke geht in ein krampfhaftes Husten über. Muß sie sich übergeben? Ein Würgen kommt aus ihrem Hals, ein sie schüttelndes Gewieher, und auf einmal ein schrilles Lachen, von dem ich nicht weiß, ist es näher dem Schluchzen, und das ich spät in der Nacht noch von den Turmwänden widerhallen höre.

Achtzehnter Turmtag

Was treibt nur der Sekretär am Morgen auf dem Quai? Seit ich aufgestanden bin, sehe ich ihn unter den Platanen umherschlendern. Victoria, die wie immer früh gegangen ist, hat er hoffentlich nicht gesehen. Jetzt lehnt er am geschlossenen Eisstand, mit dem Blick auf die Bucht. Ich könnte mich endlich nach dem Washington erkundigen. Von der Plattform aus rufe ich ihn laut. Mit überraschtem Gesichtsausdruck kommt er auf mich zu und fragt, in beunruhigtem Ton, werden Sie belästigt? Eine plötzliche Wärme durchflutet mich. Bin ich in seiner Aufmerksamkeit schon fast wieder geborgen? So war es doch nicht nur Verblendung, ihn einmal herausgefordert zu haben, die eigenen Regeln aufs Spiel zu setzen, etwas Vorbehaltloses zu tun, dem Rauschen der Flügel im Kopf zu folgen? Der Sekretär wiederholt insistierend seine Frage. Nein, wehre ich ab, ich werde keineswegs belästigt. Wenn Sie wüßten, sagt der Sekretär, wie ich auf der Stadtverwaltung nach dem alten Hotelhandbuch gesucht habe, das nebst Möblierung und Personalfragen auch Ratschläge zur Behandlung der Gäste, je nach ihrer Nationalität, enthält, Sie dürfen ja keine Fragen nach der Identität der Besucher stellen, aber sind die daraus entstehenden Unsicherheiten nicht bedrohlich? Gewisse Zugehörigkeiten lassen sich schließlich erraten, oder teilen Sie inzwischen auch bereits die

Auffassung des Architekten, daß während einer einzigen Nacht im Turm die Herkunft, das jeweilige Vaterland, selbst der eigene Name von den Besuchern abfallen werden? Ich bin etwas abgelenkt durch den Blick des Sekretärs, der noch während des Redens meine Jeans zu mustern beginnt. Unauffällig sehe ich an mir herunter, tatsächlich hat die von Victoria ausgespuckte Polenta Flecken hinterlassen! Ich finde fast nie persönliche Kleidungsstücke von Ihnen in der Wäsche, sagt der Sekretär. Die Marmorplatte im Abort ist wie ein Waschbrett, erwidere ich, und auf dem Dachboden trocknet die nasse Wäsche ganz schnell. Sie hängen Ihre Wäsche im Kommandoraum auf?! fragt der Sekretär. Ich muß ihn sofort von diesem Thema abbringen, denn auch Victoria läßt ihre Sachen hin und wieder auf dem Dachboden trocknen, wer weiß, was gerade oben von ihr herumhängt. Sehen Sie, wie käme es mir und den Besuchern entgegen, rufe ich aus, wenn wie in einem früheren Jahrhundert das Thermalwasser nicht nur für reiche Durchreisende in den Souterrains der Hotels, sondern auch für die ärmeren Bewohner der Stadt in großen Badewannen im Freien bereitgestellt würde!

Der Sekretär hat sich unvermittelt eilig verabschiedet. Ich steige auf den Dachboden und lege mich auf Victorias Bett, das von der Morgensonne beschienen ist. Seit ein paar Tagen flüchte ich mich aus dem kühlen Erdgeschoß hierher. Durch die Fugen der Holzbretter dringt das Gleißen des Sees. Wären die Geräusche der Stadt nicht so gedämpft, könnte man glauben, es wäre noch Sommer. Aber zwischen vereinzeltem Hupen von Autos herrscht eine solche Stille, daß mir auf einmal ist, ich höre das Knattern der Plastikplachen im offenen Eingang des alten Schlachthofs. Wie mag nur der Architekt sich zwischen den jungen Besetzern dort eingerichtet haben? Ich schließe die Augen und erwache im Morgengrauen, das vom Brüllen im Schlachthof erfüllt ist. Nach dem Bolzenschuß in den Kopf wird das Tier an den Füßen hochgezogen und in die Schiene gehängt, die an der Decke durch den ganzen Schlachthof läuft, jetzt wird der Hals bis zur Wirbelsäule durchschnitten, ein Schwall von Blut ergießt sich. Kaum ist der Kadaver ausgeblutet, folgt das Häuten, Ausnehmen, Zersägen, Ketten mit Fleischhaken rasseln herunter, und von neuem, wie Schemen, gleiten an den Füßen hochgezogene Tiere an der Laufschiene ins Innere des Schlachthofs herein. Der süße Geruch von rohem Fleisch wird penetrant, Eisrauch entflieht einem Kühlraum. Draußen nähert sich das hungrige Gekreisch der Möwen, die sich auf den Containern mit den Schlachtabfällen niederlassen. Sie hakken mit den tiefroten Schnäbeln auf die noch geschlossenen Deckel, ihr wütendes Schreien und Hämmern steigert sich zu einem ohrenbetäubenden Lärm, ich öffne die Augen und sehe in den offenen Dachstuhl des Turms. Direkt über meinem Kopf dauert das Gekreisch der Möwen unvermindert fort, ein ganzer

Schwarm muß sich auf dem Turmdach versammelt haben. In einer jähen Unruhe stehe ich auf und vergewissere mich, daß die Plattform noch am Ufer festgezurrt ist und nicht dem Horizont zutreibt wie jene kleinen Fischkutter, die man manchmal von einem Schiff aus mitten im Meer sieht, bedeckt von einem Möwenschwarm schaukeln sie dahin und verlieren sich in der Bläue.

Am Nachmittag schrubbe ich meine Jeans auf der Marmorplatte im Abort. Plötzlich streckt Victoria den Kopf herein. Wie ertappt, fühle ich mich erröten. Ich raffe die nassen Jeans an mich und frage, wo waschen Sie sich eigentlich? Baden Sie etwa wie ein Spatz im Sand? Mein Tonfall muß etwas ruppig ausgefallen sein, jedenfalls zieht Victoria die Augenbrauen zusammen. Natürlich bade ich im Sand, wo sonst? Im See, diesem toten Tümpel, wo man immer befürchten muß, die Algen ziehen einen herunter, bade ich gewiß nicht. Trotzdem ist der Lido mein liebster Ort in der Stadt, aber nur wegen des Sandstrands, übrigens komme ich gerade von dort. Wenn ich frei habe, grabe ich mich tagelang in den warmen Sand ein, erst wenn die Sonne untergeht, stehe ich wieder auf. Beinahe erschrecke ich dann über den tiefen Abdruck, den ich im Sand hinterlassen habe, aber gleichzeitig starre ich ihn ungläubig an, ich bin wirklich da! an diesem See! in dieser Stadt! Doch meistens verwische ich mit den Füßen rasch jede Spur, obwohl im Lido niemand auf einen achtet, das ist es gerade, was ich an ihm mag, Sie können sich nicht vorstellen, wie bevölkert er auch heute war!

Victoria hat mich noch den ganzen Abend unterhalten mit ihren Erzählungen vom Lido. Daß sie manchmal ihre Silhouette im Sand nicht zerstöre und sich in der Nacht vorstelle, wie nun die Flut käme und ihren Körperabdruck mit weißem Wellenschaum ausfülle und später alle Umrisse auflösen und hinausspülen würde. Aber dieser See kenne ja weder Ebbe noch Flut! Schon am nächsten Tag müsse sie in den Lido zurückkehren und die Eindrücke ihres Körpers im Sand beseitigen. Doch ein Gang in den Lido lohne sich immer. Ausgerechnet mit dem kalten Roastbeef und der Vinaigrette würden sich viele Badegäste unter die mächtigen Bäume oder in die Alleen zurückziehen, wo sie am schonungslosesten von Schmeißfliegen und Mücken überfallen würden. Oft flüchteten die Leute einfach Hals über Kopf ins Wasser und ließen alles stehen. Dann spaziere sie mit einem halbvollen Teller Roastbeef unter die Sonnenstoren auf der Terrasse und genieße ihre Mahlzeit. Ich sehe Victoria dort sitzen, unter dem geschwungenen Dach des Mittelbaus, der wie ein chinesischer Tempelpavillon zwischen dem Stadtpark und der Schiffswerft liegt. Nur ist der Lido, bis zum nächsten Sommer, schon seit Mitte September geschlossen. Der letzte Sandrechen hat Victorias Silhouette längst ausgelöscht. Die Wechselkabinen, die Terrasse, die Alleen sind menschenleer. Mit einem Gefühl der Unwirklichkeit von allem bin ich ins Bett gegangen. Und hatte ich mir nicht bereits gestern vorgenommen, Victoria endlich mit dem ganzen Inventar an Schreckmitteln im Turm bekannt zu machen? Morgen!

Neunzehnter Turmtag

Zum ersten Mal bin ich heute nacht aufgewacht, weil ich fror. Dann hörte ich Victorias regelmäßige, etwas pfeifende Atemzüge und wickelte mich fester in meine Wolldecke ein. Gegen die Frühe muß ich nochmals eingeschlafen sein, denn ich stand auf einmal tief unten in einer geometrisch ausgehobenen Grube von sandgelber Farbe. Oben, am Rand der Grube, erschienen nach und nach, schwarz gekleidet, alle Bewohner des Dorfs am Berghang. Langsam schoben sie die Köpfe vor und schauten zu mir hinab, erst wurde nur ein Hut sichtbar, oder eine Haarsträhne, dann der Stirnansatz, schließlich die ausdruckslosen Augenpaare. Offensichtlich waren sie bemüht, etwas Schweres vor sich her zu stoßen, sie rückten und zerrten daran, endlich ragte das Kopfende eines Sargs immer weiter über den Rand der Grube hinaus. Schon verdeckte der Sarg fast die ganze Grubenöffnung, da ließen sie ihn an langen Stricken zu mir herunter. Panik, lebendig mit dem Sarg begraben zu werden, erfaßte mich. Verzweifelt suchte ich unter den zu mir hinabgebeugten Gesichtern ein mitleidvolles Augenpaar, hatte sich nicht vorhin, sanft aber gebieterisch, Victoria zwischen die Köpfe gedrängt? Da war sie, sie neigte sich zu mir herunter, mit jeder Lebensfaser hielt ich mich an ihren Gesichtszügen fest. Sie bewegte den Mund, sie sagte bestimmt etwas zu mir, warum nur verstand ich sie nicht, als wären meine Ohren schon voller Sand? Aber jetzt kam ihr Gesicht noch näher auf mich zu, plötzlich vernahm ich auch ihre Stimme, wissen Sie, wie lange wir im Turm bleiben können?

Victoria mußte ihre Frage wiederholt haben. Sie stand an meinem Bett, und ich starrte auf ihr violett verwaschenes T-Shirt, als wäre es zerfetzt gewesen und ich müßte es Stück für Stück wieder zusammensetzen. Sie nahm, tröstend schien es mir, so wie man mit einem Fieberkranken umgeht, meine Hand. Das hatte sie noch nie getan. Im selben Augenblick, da mir dies bewußt wurde, war ich restlos wach. Ich weiß es nicht genau, sagte ich und richtete mich im Bett auf. Und um meine Verlegenheit zu verbergen, fügte ich möglichst sachlich hinzu, solange der Sekretär frische Wäsche bringt, können wir bleiben. Victoria schwieg. Ich wollte in der kleinen Speisekammer auch für sie eine Brioche holen, aber da hatte Victoria den Turm bereits verlassen. Kurz darauf erhob sich im Stadtpark ein ungeheurer Lärm. Ich eilte auf die Plattform hinaus und entdeckte zuerst den schwarzen Kater, der sich flach gegen die Holzbretter drückte und, zum Ufer gerichtet, nicht einmal den Kopf nach mir wandte. Nur mit dem Schwanz schlug er auf und ab, in einem Rhythmus, der ein klopfendes Geräusch erzeugte. Den Lärm veranstaltete ein Schwarm von Krähen, der sich im Stadtpark auf einer der Pappeln niedergelassen hatte, deren Zweige unter dem Gewicht der Vögel schwankten. Von Zeit zu Zeit flatterte der ganze Schwarm auf, kreiste unruhig umher und flog wieder auf dieselbe Pappel zurück. Dabei schwoll das heisere Gekrächze bald ab, bald an, oder ging ineinander über und wollte überhaupt nicht mehr enden. Bis ins Zwischengeschoß hinauf, wo ich meine Brioche zu essen begann, verfolgte mich das mehr und mehr eintönige Geschrei.

Ich fixierte die Tannenholzbretter des Turms, dann wieder schloß ich die Augen. Dauerte das Krächzen wirklich im Stadtpark fort oder nur in meinem Kopf? Wie still war es in der Aula des alten Schulhauses an der Herrengasse, und doch war die Stille erfüllt vom Rufen und Kreischen, vom Schnarren und Tuckern, vom Zetern und Zirpen der ausgestopften Vögel in dem Glasschrank, der eine ganze Wand der Aula einnahm. Wenn es gilt, eine dringende Nachricht noch während des Unterrichts im Schulhaus zu verbreiten, werde ohne Zögern ich ausgewählt. Und da man mich offensichtlich so leicht entbehrt, dehne ich meine Botengänge von Klassenzimmer zu Klassenzimmer stets bis zur Aula aus. Kein Mensch ist zu sehen. Ich schlüpfe in die Aula hinein und taste mich auf den Zehenspitzen über das knarrende Parkett, verfolgt von den hervorstehenden Glasaugen der Raubvögel, die diese Grabstätte im Innern der Schule bewachen. Mit keinem Blick würdige ich den Adler, der in der

Mitte thront und seine imposanten Schwingen ausbreitet, obwohl auch ich damals, als während des Kopfrechnens zwei Adler um die pyramidenförmigen Berge über dem Dorf kreisten, wie alle anderen Kinder gebannt den Atem anhielt, bis das Adlerpaar sich langsam in einer Schraubenlinie herabsenkte und dann plötzlich in einem schiefen Sturzflug im Bannwald verschwand. Aber zu oft wurde uns der Adler gerühmt, als Hoheitszeichen, als Held aller Fabeln. Meine Zuneigung gilt dem verstaubten Königsgeier in der untersten Ecke des Glasschranks. Dem ausgestopften Adler nicht den geringsten Tribut entrichtend, kauere ich mich zu dem Königsgeier nieder, der die Fittiche geschlossen hält, doch dadurch eigenartigerweise lebendiger wirkt. Ein Merktäfelchen bezeugt, daß er aus Südamerika stammt. Hat man ihn gestürzt, verschleppt, sein Königreich dem Untergang geweiht? Fast so groß wie der Adler, wirkt er trotzdem gedrungen, von Kummer gebeugt, mit dieser wulstigen Sorgenfalte über dem Scheitel, den Warzen um die Augen. Doch die Bauchfedern schimmern hermelinweiß, das Deckgefieder der Flügel selbst unter dem Staub noch rot, und die Schwanzfedern fürstlich schwarz. Forschend blicke ich dem Königsgeier in die Augen. Ich versuche, ihm das Geheimnis seiner Entmachtung zu entlocken, er kann nicht endgültig verstummt sein! Aber jetzt schrillt die Pausenglocke durch das ganze Schulhaus. Aus allen Klassenzimmern stürmen lärmende Kinder auf die Gänge.

Spät am Nachmittag gehe ich auf den Dachboden hinauf. Zerstreut blicke ich in die Richtung des Hotel Washington und sehe auf die Passanten hinunter, ohne sie wahrzunehmen. Am offenen Fenster lehnend, lege ich den Kopf auf den Arm. In einem der letzten bewohnten Stadthäuser am Quai wird eine Lampe angezündet, was einen Schmerz in mir auslöst, als wäre ich für immer von solchem Zuhausesein ausgeschlossen. Irgendwo fallen, wie dumpfe Schüsse, Rolläden herunter. Ich drücke die Stirn auf den Ellbogen, je lautloser es in mir wird, desto unerbittlicher höre ich das Sausen der Zeit. Das Mädchen mit dem Pagenschnitt, das längst im Wind flatternde Haare hat, trägt sie heute lässig aufgesteckt. Ich stehe zögernd mit seiner Kindermatratze auf einem Platz für Sperrgut an der Peripherie der Stadt herum. Es gibt keine Dachböden mehr für das Aufbewahren solcher Dinge, aber irgend jemand kann sie bestimmt noch gebrauchen. Ich frage verschiedene Passanten, schließlich nimmt man mir die Kindermatratze energisch aus der Hand und wirft sie mit Schwung in den Schredder. Ich muß mich abwenden und weglaufen, während im Stadtinnern das Mädchen die aufgesteckten Haare löst und im Menschengewühl verschwindet. Unterdessen zermalmt der Schredder unverdrossen alles, was ihm zum Fraß vorgeworfen wird, Gartenstühle, Kindermatratzen, Koffer. Endlich verliert sich sein Rattern und Knattern in der Ferne. Im Stadthaus am Quai, in dem von der Lampe erleuchteten Raum, ist eine Kerze angezündet worden. Ist es schon Freitagabend? Ich werde hier oben, im Kommandoraum, auf Victoria warten.

Als im Halbdunkel des Herbstabends Victoria die Treppe hochkommt, scheint sie nicht wenig erstaunt, mich hier oben vorzufinden. Sie wirft, was mir nicht entgeht, einen raschen Kontrollblick auf ihre Plastiksäcke und setzt sich aufs Bett. Dabei gähnt sie so ostentativ, daß ich sie in fast befehlendem Ton ans offene Fenster bitte. Diese Dämmerung, sage ich, die Sie sich als eine morgendliche vorzustellen haben, was Sie durch Ihr beständiges zu frühes Weggehen nie miterleben können, dieses Zwielicht also ist der gespannte Erwartungsraum des Vogelfängers. Fröstelnd steht er reglos an seinem Ausguck. In Griffnähe hat er das gesamte Instrumentarium an Lockmitteln bereitgestellt, die abgestuften Pfeifen und Rätschen zum Imitieren von Vogelstimmen, die Spiegel mit den kunstvollen Lichtreflexen, von denen ich Ihnen erzählte, aber entscheidend ist eine möglichst vielfältige Auswahl an Schreckmitteln. Victoria schaut mich kurz aufmerksamer an. In der Tat wirkliche Schreckgespenster, fahre ich fort, die der Vogelfänger, kaum hat sich ein Schwarm von Zugvögeln ermüdet in den Baumkorridoren niedergelassen, mit einem Pfiff oder Schrei, manchmal stampft er sogar noch dabei, ins Zentrum der Anlage schleudert. Sie müssen sich darunter aus Ruten geflochtene Wurfkörper vorstellen, fliegenklatschenartig, tellerförmig, auch einem Sieb oder Spachtel ähnlich, natürlich alle mit einem handlichen Griff versehen, denn der Wurf muß in Blitzesschnelle geschehen. So weiß man von einem geistlichen Herrn, der mit seinem Brevier im Beobachtungsturm saß, daß er, als er beim unerwarteten Auftauchen von Hunderten von Bergfinken nicht gleich das geeignete Schreckmittel fand, kurzerhand sein Brevier samt seinem Hut in den zwitschernden Schwarm hineinschleuderte, wie überhaupt von solchen geistlichen Herren erwiesen ist, daß sie, kaum hörten sie durch die offenen Kirchenfenster das Schwirren eines sich niederlassenden Vogelzugs, die kirchlichen Funktionen kürzten, um nach ihren Schreckmitteln zu rennen, aber wieso und wozu, unterbricht mich Victoria, diese Schreckmittel? Der durch die Luft sausende Wurfkörper, will ich ausholen, begleitet vom Pfiff oder Rätschen des Vogelfängers, täuscht den Angriff eines Raubvogels vor, die ausruhenden Wandervögel flüchten erschreckt tiefer hinein in die Baumkorridore und verfangen sich dabei ausweglos in den hintereinandergespannten Netzen, Victoria hebt den Kopf und fragt, welche Netze?

Plötzlich etwas erschöpft, mache ich eine Pause. Habe ich denn Victoria gegenüber die Fangnetze noch nicht erwähnt? Sprach ich nur zu mir selbst von diesen Netzen, aus Seide oder Baumwolle, den verschiedenen Maschenweiten, den ausgeklügelten Massen für das

Verderben jeder Vogelart? Oder hat mich ein Zweifel dazu gebracht, während des Berichtens einige Details wegzulassen, der Zweifel, der mich oft beschleicht, daß Victoria vielleicht alles weiß, nur anders, auf ihre Art? Inzwischen ist Victoria unter ihre Wolldecke geschlüpft und betrachtet mich, allem Anschein nach müde und gedankenverloren, sie kratzt sich dabei den Oberarm unter dem Ärmel ihres violettfarbenen T-Shirts. Der Ärmel rutscht weiter und weiter hinauf, und auf einmal entdecke ich, im letzten Abendlicht, den dunklen Fleck auf ihrem Oberarm. Er ist groß wie eine Kröte, nahezu plattgedrückt, doch immer noch etwas erhöht, mit den deutlich umrissenen Ausläufern der Beine. Ich kann mein Erschrecken nicht verbergen. Handelt es sich um ein derart plastisches Muttermal? Einen Tumor? Victoria streift rasch den Ärmel ihres T-Shirts herunter, aber ich rufe, haben Sie das noch nie einem Arzt gezeigt?! Victoria zuckt gleichgültig die Achseln. Sie wickelt sich enger in die Wolldecke ein und dreht sich zur Wand. Eher an diese als an mich gerichtet, sagt sie halblaut etwas von nächtlichem Anstehen vor den Spitälern, stundenlang, vor Wind und Kälte sich abschirmend jeder gegen jeden gedrückt, um endlich in der Morgenfrühe, nach Öffnen der Spitaltüren, eine Nummer zu erhalten, mit der man eventuell nach einem Monat einen Arzt aufsuchen kann, der einen unter Umständen zu einem anderen Spital schickt, wo man von neuem nach Mitternacht in der Schlange wartet. Victoria murmelt immer undeutlicher gegen die Wand. Dann kommt kein Laut mehr von ihr. Nur noch das Glucksen des Wassers unter der Plattform ist hörbar.

Victoria muß heute früher als sonst gegangen sein, wie um zu verhindern, daß es mir einfallen könnte, nochmals unter den Ärmel ihres T-Shirts zu blicken. Verschlafen öffne ich die Tür. Ein Geruch von Tau und Morgendunst liegt in der Luft. Am Ende der Plattform sitzt, den Schwanz um die Vorderpfoten geschlungen, der schwarze Kater. Ich bücke mich, und er kommt näher. Sacht fasse ich seine durchscheinenden Ohren an, die sich anfühlen wie ein Seidenkleid, das man in einer kalten Nacht zu lang ausgelüftet hat. Er läßt es geschehen. Aber dann, blitzschnell, krallt er sich mit beiden Vorderpfoten um meinen Arm und fügt eine weitere Bißspur zu den vorherigen, die von unseren täglichen Balgereien um die grüne Plastikbox herrühren. Seit ein paar Nächten kratzt er übrigens mit unglaublicher Ausdauer an der Tür, allerdings ohne zu miauen. Nur mühsam widerstehe ich der Versuchung, ihn hereinzulassen, aber ich weiß wirklich nicht, was Victoria von einem Kater im Vogelfangturm halten würde. Ich kitzle ihn am Bauch, um seinen Biß zu lockern, überhaupt ist die Polentabox noch gar nicht da, sage ich zu dem Kater, und dort kommen Besucher! Ich muß plötzlich derart laut gesprochen haben, daß er sich erschreckt um sich selbst wälzt. Auf dem Quai nähert sich tatsächlich zielstrebig eine Gruppe von Menschen. An der Spitze läuft jemand mit einem, offenbar als Führungszeichen, hocherhobenen Schirm, obwohl der Quai noch keineswegs bevölkert ist und der Tag strahlend zu werden verspricht, wahrscheinlich Japaner. Japaner scharen sich meist um eine Person mit erhobenem Schirm, Spanier dagegen, soviel konnte ich bis jetzt feststellen, folgen in der Regel einer Person mit hochgehaltenem Fächer. Bewache mich! rufe ich dem Kater zu und verschwinde im Turm.

Ich bin schon einiges an Hartnäckigkeit von Besuchergruppen gewöhnt, aber diese übertrifft alles mir Bekannte. Bewegungslos sitze ich im Zwischengeschoß auf dem Boden. Die Gruppe läuft im Kreis um den Turm, ruft in Abständen immer wieder Hallo, klopft gegen die Turmwände und läßt sich schließlich einfach auf der Plattform nieder. Im Lichtschlitz gleiten die transparenten Aufzüge des Kasinos hinauf und hinunter, der eine ist leer, der andere besetzt von einer dunklen Gestalt. Wie eine Krähe im Käfig, denke ich, doch dann erkenne ich jäh den breitkrempigen Hut, er taucht gerade hinab, bald darauf wird der fast bis zum Boden reichende schwarze Mantel nach oben gezogen. Um den Turm summt inzwischen entspanntes Stimmengeschwirr. Vorsichtig nähere ich mich dem Lichtschlitz und traue meinen Augen nicht. Auf der Plattform haben die mutmaßlichen Japaner kleine Plastikboxen hervorgezogen und verzehren mit Seetang umwickelte Reispasteten. In einer Art Verzweiflung, die mir selbst durchaus komisch vorkommt, lege ich mich platt auf den Holzboden und versuche zu schlafen.

Als ich die Augen wieder öffne, hat sich das Stimmengesumm entfernt. Die Aufzüge des Kasinos stehen still. Erleichtert will ich auf den Dachboden steigen, da sehe ich unter den Platanen den Sekretär mit einem Paket unter dem Arm. Aber die Wäscheübergabe ist doch erst morgen! Ich kann mich nicht irren, seit längerer Zeit lege ich die Cellophanhüllen meiner Frühstücksbrioche beiseite, um so etwas wie einen Kalender zu haben. Leider hat die Touristengruppe keinen Abfall auf der Plattform hinterlassen, er hätte eine Rechtfertigung für mich dargestellt. Das Schild hängt richtig. Fern im blauen Himmel ruhen zwei Kumuluswölkchen, hoch über dem Turm eine Möwe, als hätte sie jemand dort vergessen. Gelassen gehe ich dem Sekretär entgegen, ich habe Sie erst morgen erwartet, sage ich. Er scheint angenehm überrascht von meinem Geisteszustand. Morgen ist eine außerordentliche Sitzung der Stadtverwaltung, sagt der Sekretär, wobei ich meine Untersuchungen zur nächtlichen Lichtglokke über unserer Stadt präsentieren werde. Auf keinen Fall will ich versäumen, darauf hinzuweisen, wie singulär dieser Turm sich der grassierenden Lichtepidemie verweigert! Vom Insektenstandpunkt aus war das frühere Modell auf dem See, das jede Nacht in dramatischem Trompetengold erstrahlte, verheerend. Beleuchtungen in Gewässernähe sind Staubsauger für Insekten, die Uferlaternen am Quai stellen für sie eine einzige Todesmeile dar. Wenn man bedenkt, daß der Architekt des vorherigen Monuments sogar einen konservierenden Anstrich von silberner Farbe in Erwägung zog! Aber manchmal, gegen Ende der Nacht, sage ich zum Sekretär, wenn der durchsichtige Nebel der Frühe das immer noch beleuchtete Monument streifte, verwandelte es sich da nicht in ein venezianisches Theater auf dem Wasser, das über Seen und Flüsse zur Adria hinunterschwamm? Der Sekretär, das Wäschepaket an sich gedrückt, schaut mich an, mit einem ungehemmten Ausdruck von Traurigkeit. Nüchtern frage ich, warum kann man das Hotel Washington von hier aus nicht sehen? Aber das Washington, ruft der Sekretär plötzlich ungehalten, ist doch im vergangenen Winter abgerissen worden! Ich schließe, wie in einem Schwindelanfall, die Augen. Dann spüre ich, daß mir der Sekretär das Wäschepaket in die Arme legen will. Würden Sie mir nicht auch einmal, sagt er, jetzt nah an meinem Gesicht, von den Zugvögeln erzählen? Ohne Antwort gehe ich in den Turm und hole die zerknüllten Leintücher. Der Sekretär schaut mir angespannt entgegen. Jene, die zuerst abreisen, sage ich, kehren zuletzt zurück. Einige Vögel richten sich nach dem Magnetfeld der Erde, die Tagzieher orientieren sich an der Sonne, die Nachtzieher an den Sternen. Laut klatschen die Wellen gegen die Plattform. Längst schweige ich. Ein Ziehen und grünes Leuchten ist heute auf dem See, als wäre es ein breiter Strom. Und der Sekretär und ich fahren flußabwärts und tauschen die Leintücher wie hochzeitliche Geschenke von Gestorbenen.

Victoria trifft mich an, wie ich im Zwischengeschoß auf dem Boden sitze. Kommen Sie zu mir herauf, fragt sie, oben muß noch die Sonne hineinscheinen, ich habe es vom Quai aus gesehen. Im Dachgeschoß kauert sich Victoria in den letzten Lichtfleck. In mir stürmen Fragen durcheinander. Als sähe ich Victoria anders als sonst, fixiere ich ihren im Nacken zusammengebundenen Haarschwanz, das violett verwaschene T-Shirt, die wie blutig verfleckten Jeans. Doch auch Victoria mustert mich. Sie deutet auf die Kratzspuren an meinen Armen und lacht, sind Sie in Raufereien um die Besetzung des Turms verwickelt? Beinahe will ich eine brüske Gegenfrage stellen, das schon im vergangenen Winter abgerissene Washington, den seit bald einem Monat geschlossenen Lido betreffend. Aber wie sie mich mit ihren glänzenddunklen Augen ohne Rückhalt anschaut, fährt es mir durch den Kopf, wer so lügt wie sie, denkt im Grunde genommen über die Wahrheit nach. Und plötzlich spüre ich das Bedürfnis, als würde ich Victoria verlieren, wenn ich sie zu verstehen suchte, ihr einfach wieder von den Vögeln zu erzählen. Von diesen dem Menschen an Sehschärfe, Stimme, Bewegung weit überlegenen kleinen Wesen, dem zierlichen Gelbspötter beispielsweise, der bis nach Afrika fliegt und südlich der Sahara überwintert, aber sagte Victoria nicht, daß sie keine Vögel kennen will? Jeder Vogel schwimmt, wenn er aufs Wasser geworfen wird, beginne ich unvermittelt, und zwar nicht nur die geschickten Renner, Läufer und Springer unter ihnen, sondern auch die Traber, Watschler und Rutscher, Victoria, die buschigen Augenbrauen zusammengezogen, unterbricht mich, wollten Sie nicht mit den Netzen fortfahren? Habe ich die loser und straffer gespannten Fangnetze in den Baumkorridoren nicht erwähnt, frage ich, Victoria schüttelt bezweifelnd den Kopf. Wenn die Vögel, sage ich, vom Schwirren der Wurfkörper erschreckt, in die Tiefe der Baumkorridore flüchten, ziehen sie die losen Netze durch die weiten Maschen der strafferen und bleiben in den sich bildenden Säcken hängen. Doch manchmal, füge ich rasch hinzu, gelingt es einem der kleinsten Vögel, sich zu befreien, etwa dem Gelbspötter, gerade er, der so gern sein hellgelbes Brustgefieder sträubt und dazu die Flügel spreizt, als wollte er Sonnenfunken durchs Laub sprühen, kann sich schmal und glatt machen wie ein Fisch, und er entwischt in der Tat! Aber noch auf der Flucht vergißt er nicht, eine Girlande zu ziehen. Schon sitzt er wieder hoch oben auf einer Buche, plustert den Bauch auf und stimmt unverzagt seinen melodischen Gesang an, in den er andere Vogelrufe einbaut, ja, er spickt seinen Gesang geradezu mit Nachahmungen anderer Vogelgesänge, was den lauernden Vogelfänger oft genug genarrt hat. Grundlos schmettert der Fänger ein weiteres Schreckmittel auf die Lichtung und verwünscht den Gelbspötter samt seinen Trillern nach Timbuktu. Victoria sitzt längst nicht mehr im Lichtfleck. Schwach zeichnet sich in der Dämmerung ihr Gesicht ab. Und was geschieht, fragt sie, mit den hängengebliebenen Vögeln? Meist ist der Vogelfänger zu träge, sage ich, um den Turm zu verlassen und den erlösenden Tod herbeizuführen. Victoria steht auf. Das wäre? Ich gehe zur Treppe. Der sofortige Daumendruck ins Genick.

Einundzwanzigster Turmtag

Warum nur erwache ich mit der Überzeugung, es sei jemand im Turm? Durch die Treppenluke fallen schon Lichtstrahlen herunter bis ins Erdgeschoß. Victoria ist um diese Zeit längst gegangen. Aber hat sich auf dem Dachboden nicht eben etwas geregt, ein unbestimmbares Geräusch, etwas wie ein Rascheln? Vielleicht nistet sich ein Spatz in Victorias Plastiksäcken ein? Auf bloßen Füßen gehe ich die Treppe hoch bis unter das Dach. Victoria sitzt aufrecht im Bett, die Haare verschwitzt, und starrt mir entgegen. Ihre Augen sind gerötet und geschwollen, als wäre sie erst nach langem Weinen eingeschlafen. In meiner Überraschung frage ich, müssen Sie nicht ins Washington? Victoria fixiert mich mit einem undurchdringlichen Blick. Ich setze mich auf ihr Bettende. Auch ich habe manchmal schlechte Träume hier, sage ich leise. Aber nicht immer denselben! ruft Victoria wie in einem Wutanfall aus. Und es ist auch kein Traum, ich bin wirklich mit meinem Vater stundenlang in diesem holperigen Bus gesessen, einem dieser Überlandbusse, die ins Hochland fahren, meist restlos überfüllt, selbst auf dem Dach noch eine schwankende Fracht von Kisten und Kartontruhen, furchtbar grell bemalt. Aber sieht man sonst, wegen des Gedränges und der unaufhörlichen Staubwolke des Busses, fast nichts auf der Reise zur Großmutter, so war an diesem Tag kaum jemand im Bus. Schweigsam fuhr der Chauffeur die endlosen Kurven hinauf. Schon säumte kein Ginster mehr die Straße, und dann lag nur noch die Pampa mit ihren trockenen Grasbüscheln vor uns, hie und da ein Weiler, weiße Häuser zwischen Wellblechhütten, doch nirgends eines der Kinder, leuchtend rot angezogen, mit den Wangen wie Brandwunden, die jeweils der Staubwolke eines Busses entgegenrannten und ihr noch lange nachwinkten. Alles ausgestorben, der Bus hielt nirgends. Mein Vater versuchte, ein Gespräch mit dem Buschauffeur anzufangen, der entweder keine oder nur einsilbige Antworten gab, kurz die Guerilla erwähnte wie auch das Militär, ständige Rache und Gegenrache, sagte er, und neuerdings diese Todesschwadronen. Dann ging der Buschauffeur nicht mehr auf meinen Vater ein. Widerwillig hielt er am Ziel unserer Reise, wir waren die einzigen, die ausstiegen. Und von da an, sagt Victoria, wiederholt sich jedesmal der Traum. Wir betreten das Dorf, das wie im Schlaf liegt, kein Rauch, keine Stimme, kein Blöken von Schafen. An ein paar Hausmauern Blutspuren, vielleicht von geschlachteten Hühnern, wahrscheinlich sind alle auf einem Fest im Nachbardorf. Doch die Großmutter wird da sein. Ihre Haustür steht halb offen, innen ist es dämmerig, auf dem Tisch ihre Tasse, über der Stuhllehne ihr Schultertuch. Aber kein Ziegengemecker antwortet meinem Rufen, wo sind nur die Ziegen, die sonst neugierig herbeispringen, wo ist die Großmutter? In ihrem Schlafzimmer liegt, auf dem Kopfkissen zusammengefaltet wie immer, das Nachthemd, doch diese unheimliche Stille, diese Leere im Haus. Neben dem Bett der Großmutter, dem Schlafplatz der Ziegen, knie ich nieder und drükke mein Gesicht an die Wand, die Wand riecht von den Ziegen, scharf und penetrant, aber jede Nacht wird der Geruch weniger, ich kann ihn kaum noch wiederfinden, obwohl ich das Gesicht in die Wand drücke, daß der hellblaue Kalk auf mich herabblättert!

Zum ersten Mal hat Victoria eine eingepackte Frühstücksbrioche mit mir gegessen. Sie schien es nicht eilig zu haben und verbarg dies auch nicht vor mir. Jetzt, nachdem sie gegangen ist, bleibe ich im Zwischengeschoß sitzen. Aber es gelingt mir nicht, die im dunklen Haus niedergekauerte Victoria loszuwerden, die das Gesicht gegen die hellblaue Kalkwand drückt, um den Ziegengeruch wiederzufinden. Ich gehe auf den Dachboden hinauf. Und noch bevor ich mich auf dem obersten Treppenabsatz zum Fenster wende, kommt mir mein Vater im Hausgang entgegen, in den nur das Licht aus seinem offenen Arbeitszimmer fällt. Er muß eine kleine Drehung um die Kommode im Hausgang machen, aber in diesem kurzen Augenblick, da ich ihn im Profil wahrnehme, entdecke ich den Verfall in seinem Gesicht, die scharfe Nase, die gelbe Wangenhaut, ein Wesen scheint durch, das schon nicht mehr in diese Welt gehört. In ungestümem Schmerz dränge ich ihn ins warme Lampenlicht seines Arbeitszimmers zurück. Er soll wieder als Specht an seinem Schreibpult sitzen, er trägt doch immer noch seinen grauen verkleisterten Leinenkittel, der wie ein Federkleid absteht. Er muß wieder auf die Schreibmaschine hämmern und trommeln und mit seinem langen Schnabel die zündenden Gedanken aus den Zwischenräumen der Tasten hervorklauben, und ich sitze hinter seinem Rücken ganz still am Boden, mitten in einem Gewühl von Zeitungen, die ich zu kleinen Türmen staple. Niemand darf sonst in dieses Chaos eingreifen, nur unter meinen Händen entstehen für meinen Vater einsehbare Anordnungen. Einmal im Jahr kann ich sogar die zentrale Schublade in seinem Schreibpult aufräumen. Mein Vater weiß, daß ich nichts fortwerfe, nicht einmal eine verbogene Büroklammer. Bei meiner Mutter wäre er sich wohl nicht so sicher, sie hat nur Zugang zur ausfahrbaren Hängeregistratur im unteren Teil des Schreibpults, diese aber überläßt ihr mein Vater in geradezu grandioser Vergeßlichkeit, denn es ist die Registratur der verlorenen Güter, und meine Mutter ist die Finanzverwalterin des Hauses. Manchmal beläßt sie es beim Ausfahren und Einfahren der Hängeregistratur wirklich nicht nur bei ihren Seufzern, sondern zerreißt in einer Aufwallung von Zorn irgendeine nie mehr zu erlangende Bürgschaft meines Großvaters oder eines der wertlosen Aktienbündel bankrott gegangener Fabriken. Endlich aber bin ich allein. Ich sitze im Schreibsessel meines Vaters, vor der offenen Schublade, wie vor einem aufgeschlossenen Tabernakel. Mit den baumelnden Beinen reiche ich noch nicht auf den Boden. Meine Abenteuerreise ins Innere der Schublade beginnt, in den Wust vollgekritzelter Papiere und Zettel, aus denen sowohl die wunderbare Umwandlung in Lauerzer Kirschen als auch die bedenkliche Materialisation in grünschillernde Wildenten aus dem Hochmoor stattfinden. Sonderbare Gipsgebilde kommen zum Vorschein, in denen ich die Hemdfetzen zum Hantieren bei der Leimarbeit vermute, da sind auch schon die Pelikanbüchsen mit den Gletscherspalten im weißen Leim, in denen manchmal eine betäubte Ameise zu Tode kommt. Aber ich fahnde vor allem mit einer gewissen Fiebrigkeit nach den in Silberpapier eingewickelten Schokolademäusen, die mein Vater regelmäßig am Samstag, beim Kauf der ausländischen Zeitungen, vom Kiosk nach Hause bringt und, wenn wir Kinder nicht gerade in Reichweite sind, in der Schublade verstaut. Dort gehen die Schokolademäuse unter, bis sie ins Stadium der Verschimmelung eintreten, und jeder Mäusefund muß meiner Mutter zur Überprüfung der Eßbarkeit vorgelegt werden. Doch bis jetzt bin ich noch auf kein Glitzern von Silberpapier gestoßen. Ich bündle, beige und sortiere, ich versetze mich mit traumwandlerischer Sicherheit in die Kombinationstechniken meines Vaters. Auch die herumflatternden Blätter des Abreißkalenders kommen auf einen Stapel. Hie und da lese ich, noch etwas mühsam, viel ist von Kornfeldern die Rede, flutenden

Ährenfeldern, und in die Schublade versenkt, versuche ich mir einen Begriff davon zu machen, denn meine Kindheit kennt keine Kornfelder, nur Kirschen, Wildenten, Heuwiesen, pyramidenförmige Berge, und das Heimweh, bevor ich es selbst erfahren sollte, habe ich an meinem Vater kennengelernt. Es war sein Heimweh nach den wogenden Kornfeldern, nach den Sommerwanderungen in der Nacht, und wie sie im hohen Kornfeld schliefen, und dieses Schlafen im wispernden Ährenmeer erscheint mir als Inbild der Freiheit, noch tiefer grabe ich mich in die Schublade, aber nie werde ich bis auf den Boden gelangen. Von einem Schnitter, wenn der Abend kommt, spricht ein Kalenderzettel, und ich habe noch kein Kornfeld mit eigenen Augen gesehen, als mein Vater dorthin zurückkehrt, um für immer zwischen den Wellen der Kornfelder zu schlafen, das dünnhäutige Vogelgesicht den nächtlichen Sternbildern zugewandt.

Beinahe den ganzen Tag bin ich auf dem Dachboden geblieben. Nach dem Verebben des Grenzverkehrs ist es jetzt oft so still, daß ich die Flügelschläge der Schwalben höre, wenn sie um den Turm fliegen. Manchmal setzt sich eine aufs Dach, wenn ich reglos am Fenster lehne, so nah an mein Ohr dringt dann ihr Aufschwirren, als kreiste sie durch mich hindurch. Victoria hat die Aufstellung der Plastiksäcke um ihr Bett verändert. Eine Warnung? Der Abendwind kommt über den See, er versetzt die gekräuselte Oberfläche in hüpfende Funken. Vom Lido herüber läuten immer vernehmlicher die Takelagen der auf den Kies heraufgezogenen Boote. Dort, wo der Kanal, auf dem hin und wieder eine verirrte Ente in rasantem Tempo abwärts treibt, in plötzlicher Wildnis in den See mündet, ist unser letztes Freiluftquartier, bevor wir ins gelbe Hotel flüchten. Wir graben uns ein in den noch sonnenwarmen Kies. Über uns schwanken die Bootsmasten durcheinander, dieses Sturmläuten, ist es in den Takelagen oder in unseren Köpfen, und die schon froststarren Hände, nur die Angst so heiß, die achtungsvolle Furcht, daß die Hindernisse zwischen uns unüberwindbar in den Himmel wachsen. Ich vergrabe mich tiefer in dir, im Kies, in dieser Ohmacht über die Liebe, wie über den Tod. Nachts höre ich das Cherubimlied.

Zweiundzwanzigster Turmtag

Heute morgen hatte ich eine Schreckenssekunde. Als ich auf die Plattform hinaustrat, sah ich Victoria und den Architekten über den Platz der Unabhängigkeit davongehen, ohne Hast, aber auch nicht in einem Gespräch miteinander, was ich allerdings nur aus ihrer Rückenansicht schloß. Ein ungleiches Paar. Victoria wirkte neben der Gestalt des Architekten im langen schwarzen Mantel und dem breitkrempigen Hut noch kleiner. Ohne anzuhalten, schwenkte der Architekt in die Straße ein, wo sich die American Bar befindet, Victoria verschwand in der Alhambra. Wollte er sie ausfragen? Trafen sie zufällig aufeinander? Oder hat Victoria Verbindungen zum Schlachthof? Vielleicht wird sie mir langsam gefährlich. Ich muß mir etwas einfallen lassen. Konkret eine Arbeit, zum Beispiel, für Victoria.

Die Plattform schaukelt stark. Ist das schon der Wind, der die Herbstregen bringt? Ich sitze auf der geschützten Seite des Turms, eng an die Wand gelehnt, mit meiner grünen Plastikbox. Nur mit Mühe bringe ich ein paar Bissen herunter. Seit Tagen eine solche Lust auf Süßigkeit! Übrigens sind heute keine Wellenlinien in die Polenta eingegraben, sondern verschiedene Dreiecksformen, gleichschenklige, spitzwinklige. Was soll ich davon halten? Ich suche mit den

Augen die Kathedrale, die Fassade mit dem monumentalen Radfenster, aber obwohl sie sich auf dem ansteigenden Hügel befindet, ist sie mir jetzt verdeckt durch die Hotels am Quai. Hier am Wasser sitze ich zu tief. Ich schließe die Augen und gehe durch die beiden Seitenportale der Kathedrale ein und aus, einmal durch das linke, einmal durch das rechte. Sie sind bevölkert mit den zärtlichsten Fabelwesen. Hinter den wie von einem stürmischen Wind bewegten Akanthusblättern verbergen sich Seepferdchen, Äpfel rollen aus aufgetürmten Pokalen, Vögel nisten in den Zweigen und Ranken, so gut versteckt, daß sie mit dem schäumenden Blattwerk verwachsen. Am liebsten griffe ich mit beiden Händen hinein in dieses irrlichternde Spiel, finge da einen Zaunkönig, haschte dort nach einem Seepferdchen, zupfte an einem Akanthusblatt, denn das ganze Portal ist eßbar, ein mürber, in groteske Formen sich verwandelnder Teig. Neben mir, in der düsteren Küche des Gasthofs, sitzt die sardische Wirtin, verschlagen in dieses abgeschiedene Hochtal wie ich. Geschwind, mit geschickten Fingern, zupft sie aus der Salzteigmasse Blätter, Rosetten, Tauben hervor. Immer, wenn die Einsamkeit sie zu lähmen droht, beginnt sie Salzteig zu kneten und die verspieltesten Gebilde zu erfinden. Und wenn nachts Nebel aus der Schlucht steigt und in den Kastanienwäldern die ersten Jagdschüsse fallen, mischt sie nicht Salz, sondern Zucker und Anis in den Teig, und wir essen gemeinsam alles auf, Blätter, Blüten, kleine Taubenpaare. Fern auf der Hügelkuppe sieht man in klaren Herbstnächten den Umriß des Vogelfangturms mit der gewölbten Fassade. Wie ein Scherenschnitt hebt er sich vom Himmel ab. Am Ende der Loggia ist die Tür zum Eckzimmer offen. Dort steht ganz allein der weiße Korbwagen. Die Nachthelligkeit ist so groß, daß sein Tüllvorhang geisterhaft leuchtet. Aber noch ist der Korbwagen leer.

Ich muß mit meiner Polentabox auf den Knien eingeschlafen sein. Victoria berührt mich an der Schulter, erschrocken fahre ich auf, Sie sind ja völlig naß! ruft Victoria und zieht mich von der Plattform hoch. Haben Sie denn nicht gemerkt, wie die Wellen bis gegen den Turm schlagen? Tatsächlich kleben die Kleider vor Nässe an mir. Ich schüttle lachend den Kopf. Das bin ich von Kind auf gewohnt, sage ich, der See in unserer Nähe, so unheimlich grün und trügerisch ruhig er von den Bergen eingeschlossen daliegen konnte, so entfesselt tobte er bei Föhnsturm über die Ufer! Als an einem solchen Novembertag der National-Circus am See gastierte, rasten am hellichten Mittag drei Lipizzaner in Panik über alle Abschrankungen hinweg geradeaus in die aufgepeitschten Wogen hinein. Noch lange erzählten sich die Leute vom schrecklichen Anblick der mit den Wellenmassen kämpfenden weißen Pferde, erst zwei Tage danach konnten die Kadaver an Land gezogen werden. Der National-Circus kommt übrigens bald in unsere Stadt, die letzte Station, bevor er sein Winterquartier bezieht, die Schlußvorstellungen der Tournee sind oft die glanzvollsten, wollen Sie sich nicht beim Circus, frage ich in einer plötzlichen Eingebung, um eine Arbeit bewerben?

Victoria schaut mich derart zweifelnd an, daß es einer offenen Mißbilligung gleichkommt. In keinem anderen Arbeitsbereich, sage ich lebhaft, sind die Behörden so kulant, dem National-Circus gegenüber sind sie mit Bewilligungen geradezu freigebig, denn ohne den Einsatz von ausländischem Personal könnte er gar nicht aufrechterhalten werden. An die zwanzig Nationen sollen unter den Artisten und in der Mannschaft vertreten sein, die Tierpfleger beispielsweise sind fast ausnahmslos Marokkaner, die Zeltbauer Polen, sehen Sie mich vielleicht Elefanten bürsten, unterbricht mich Victoria, oder das Zelt aufbauen? Natürlich ist der Anteil der Frauen bei diesen Arbeiten gering, räume ich ein, aber Sie dürfen den riesigen Wagenpark nicht vergessen! Das Zentrum dort ist die Küche, das sogenannte rollende Eßzimmer, wo sich Mannschaft und Artisten zweimal täglich warm verpflegen können, auch hier haben alle Hilfskräfte, hörte ich sagen, ausformulierte und detaillierte Arbeitsverträge, das gemeinschaftliche Essen sei der Direktion des National-Circus überaus wichtig, ja, nebst dem strikten Verbot von herkunftsbedingten Anpöbeleien überhaupt der Schlüssel zum friedlichen Zusammenleben, nirgends, behaupten einige in der Stadt, esse man so vorzüglich wie im rollenden Eßzimmer des National-Circus!

Victoria drängt darauf, schlafen zu gehen. Erst als sie die Treppe betritt, sehe ich die blutunterlaufenen Flecken an ihrem linken Arm. Eine Schlägerei? Notwehr? Unwillkürlich folge ich ihr bis auf den Dachboden. Victoria wickelt sich etwas umständlich in ihre Wolldecke ein, als würden ihr gewisse Bewegungen Mühe bereiten. Aber mit einem rabiaten Blick erstickt sie jede Frage in mir. Ich lehne ratlos am Fenster. Die Wellen schlagen noch immer gegen den Turm, doch fern im Norden flackert verschwommen der erste Stern. Und ich komme wieder auf den Circus zurück und erzähle Victoria, wie wir Jahr für Jahr durch den schon dunklen Friedhof zum Circus liefen, das Mädchen mit dem Pagenschnitt und den schwarzen Schonern an Ellbogen und Knien und ich, denn der Zeltplatz des National-Circus liegt unmittelbar hinter dem Stadtfriedhof. Da Allerheiligen eben vorüber ist, brennen überall auf den Gräbern Kerzen und elektrische Lämpchen, und ihr roter Schein mischt sich mit den zwischen den Zypressen sichtbaren Glühbirnengirlanden des Circuszelts. Die Statuen auf den Gräbern, sonst trostlos an eine Pyramide gelehnt oder in heroischer Pose erhöht auf einem Sockel, werden lebendig und besprechen sich untereinander. Wenn der Tusch der Ouvertüre aus dem Circuszelt über die von unzähligen Flämmchen durchzuckte Totenstadt hinhallt, wollen auch sie ihre Nummern darbieten, ein Leben lang eingeübte Nummern auf dem Hochseil, dem Schleuderbrett, im Jonglieren oder im Bauchreden, als Taschenspieler oder Dompteure. Kommt der Geruch von Sägemehl und Zuckerwatte, gebrannten Mandeln und Elefantendung vom Circus herüber oder aus den geöffneten Gräbern? Das Mädchen mit dem Pagenschnitt zieht mich ungeduldig am Arm. Fort, weg aus der Totenstadt, hinein in das glitzernde Zelt, zum Lichtkegel der Manege! Aber wenn der letzte Applaus verebbt ist, kehren wir in der Nacht über den Friedhof nach Hause zurück. Alle Statuen haben ihre Plätze wieder eingenommen. Ihre flüsternden Beratungen sind verstummt, die Requisiten ihrer Vorstellungen auf den geschlossenen Grabplatten versteinert, ihre Augen erloschen zum Winterhimmel gerichtet. Victoria räuspert sich. Sie zieht die Wolldecke enger zum Hals hinauf. Der Mond scheint so hell, daß ihre Turnschuhe Schatten werfen. Natürlich möchte ich nicht, daß Victoria fortgeht.

Als ich erwache, sitzt Victoria am Kopfende meines Betts. Verwirrt richte ich mich auf und frage, hat jemand geklopft? Victoria verneint. Es gab, sagt sie, auf dem Hochland noch ein zweites Kondorfest, habe ich Ihnen davon erzählt? Ich muß mich zuerst zurechtfinden und schaue unruhig zur Turmtür. Zu diesem Fest, beginnt Victoria unbeeindruckt, hat mich meine Großmutter geradezu aus dem Haus hinausgestoßen, nachdem sie meine Lippen gegen die grelle Sonne mit Butter eingeschmiert hatte. Auch diesmal der Aufruhr im Dorf, das Geschrei der Händler, der Duft von Coca-Tee und gerösteten Maiskörnern. Nur die Bekleidung von allen noch bunter und leuchtender, vor allem Rot, ein feuriges Rot! Meine Großmutter schiebt mich, in einer mir ganz fremden Erregung, immer tiefer in die Menschenmenge hinein, bis mein Vater, beim schrillen Ton einer Flöte, der bald so hoch wird, daß er mehr einem Pfeifen gleicht, mich auf seine Schulter hebt. Da ist er wieder, der Kondor! Ein Kondor von gewaltigen Ausmaßen, fast dunkelblau glänzt das schwarze Gefieder. Aber diesmal halten ihn nicht zwei Männer an den Armschwingen fest, nein, er ist auf den Rücken eines Stiers gebunden, der mitten in der Menge in einem Ring herumtobt. Und jedesmal, wenn der wütende Stier den Kopf wendet, hackt der Kondor mit seinen scharfen Krallen nach seinen Augen und Ohren, der Stier ist schon ganz blutüberlaufen, brüllend wälzt er sich jetzt am Boden, um den Kondor loszuwerden. Während die Masse aufschreit, schließe ich krampfhaft die Augen, der Brechreiz kommt, das Würgen im Hals, gleich werde ich mit einem Schwall das Kopfhaar meines Vaters besudeln. Da schüttelt mich meine Großmutter, Kind! der Kondor ist frei! Dort oben, hoch am Himmel, fliegt er dahin! Ich aber sehe nur im Ring den zerfleischten Stier.

Victoria ist aufgestanden und verläßt ohne ein weiteres Wort den Turm. Was wollte sie mir mitteilen? Im Zwischengeschoß spähe ich durch den Lichtschlitz und sehe auf der Plattform den schwarzen Kater, der wieder einmal meine Polentabox anschleicht. Gerade preßt er sich flach gegen die Holzbretter, ein Zucken überläuft sein Hinterteil, selbst der Schwanz ist bis zum äußersten gespannt, waagrecht streicht er durch die Luft. Noch bevor der Kater zum Sprung ansetzt, gehe ich die Treppe hinab. Ich möchte etwas Lebendiges an mich drücken! Aber natürlich gelingt es mir auch heute morgen keineswegs, den Kater auf den Arm zu nehmen. Er klettert mir unverzüglich auf die Schulter und beißt mich in den Kopf. Draußen auf dem See tuckert ein grünes Pedalo langsam im Halbkreis um den Turm. Daß der Architekt im langen schwarzen Mantel darin sitzt, hätte ich lieber nicht bemerkt. Und auf dem Quai, hinter einer Platane kaum verborgen, steht auch noch der Sekretär. Er blättert in einem Papierstoß. Ich winke mit dem Arm, er nähert sich so rasch der Plattform, als hätte er nur darauf gewartet. Wie ist Ihre Präsentation, frage ich, der nächtlichen Lichtglocke über der Stadt verlaufen? Der Sekretär, offenbar auf eine andere Frage gefaßt, greift sich ins Haar. Mühsam, sagt er, falls ich mich nicht direkt lächerlich gemacht habe. Dabei legte ich sogar mehrere aus Satellitendaten zusammengestellte Bilder der permanenten Beleuchtung auf der Erde vor, wie ein brennender Gürtel umschlingen unsere Breitengrade die Erdkugel in der Nacht! Ich blicke auf den See hinaus, als entginge mir das grüne Pedalo, das immer noch, nur jetzt in größerer Entfernung, herumtuckert. Der Sekretär folgt meinem Blick. Seit wann fährt der Architekt gerne Pedalo, frage ich gelassen, mit seiner Größe muß er sich ja ziemlich in so ein Pedalo hineinquetschen. Allerdings, sagt der Sekretär mit unverhohlenem Unmut, und neuerdings müssen wir nicht nur Sie, sondern auch den Architekten überwachen, da er die Idee hat, den Turm nach Ablauf einer gewissen Zeit anzuzünden. Aber nicht so bald! rufe ich plötzlich leidenschaftlich. Der Sekretär mustert mich. Beinahe hätte ich nach seinen beiden Händen gegriffen. Es ist noch ganz warm im Turm, schreie ich fast, und jeden Tag kommen Besucher! Vielleicht handelt es sich nur um eine Drohung des Architekten, sagt der Sekretär besänftigend. Seine Pedalofahrten erwecken zwar den Eindruck, er wolle sich eine Vorstellung des brennenden Turms verschaffen, aber gestern äußerte er auf der Stadtverwaltung auf einmal eine völlig andere Idee. Er kam auf einen Entwurf des von ihm bewunderten Barockbaumeisters zu sprechen, eine der Zeichnungen, die dem Zerstörungswerk dieses Baumeisters entgingen, der aus Furcht vor Nachahmung seine letzten Zeichnungen, kurz bevor er sich mit solcher Heftigkeit auf sein Schwert stürzte, daß es ihn von der einen Seite zur andern durchbohrte, verbrannte. Dieser Entwurf, welch ungemein zarte Skizze, rief der Architekt aus, eigentlich nur eine Kuppel, aber was für eine Kuppel! Von allen Seiten her mit Akanthusblättern überwachsen, doch wie könne man nun unterscheiden, ob es aus Stein gemeißelte Blätter seien oder wirkliche Natur? Kein anderer Baumeister habe einen so verzehrenden Sinn für das Ungreifbare der Gegenwart, das unerbittliche Verrinnen der Zeit gehabt, und der zukünftige Verfall seiner Bauten sei schon in ihnen selbst inszeniert. Deshalb, sagte gestern der Architekt, wolle er den Turm eventuell doch nicht anzünden, sondern ihn ganz der Natur überlassen. Der Sekretär beobachtet mich interessiert. Ich aber frage aufgebracht, erscheint denn der Architekt oft auf der Stadtverwaltung?! Entschuldigen Sie, sagt der Sekretär förmlich, man erwartet mich zu einer Sitzung.

Nicht einmal am späten Nachmittag ist es mir gelungen, mich auf die Turmdokumentation zu konzentrieren. Als hörte ich schon das Feuer im Dachstuhl knistern, verspüre ich ein heftiges Fluchtbedürfnis. Hinaus, fort vom Quai, über den Platz der Unabhängigkeit, geradewegs in die offene Bar! Dort möchte ich jetzt sitzen, unter der hohen ochsenblutfarbenen Dekke, in dem korridorartigen Raum. Manchmal ist die Tür zur Toilette aufgesperrt, und der Modergeruch aus dem Hintergarten mischt sich mit dem Seegeruch, ein leichter Durchzug entsteht, und man trinkt vor der gewaltigen Barwand wie vor einem Flügelaltar mit den verschlüsselten Reisebildern des eigenen Lebens. Als Victoria nach dem vereinbarten Klopfzeichen zu mir ins Zwischengeschoß kommt, blicke ich von den Blättern auf, ohne sie wegzuräumen. Victoria scheint unschlüssig, ob sie sich zu mir hinsetzen oder gleich auf den Dachboden hochgehen soll. Treffen Sie sich auch hie und da, frage ich, mit Bekannten aus Ihrem Land? Victoria wirft mir einen forschenden Blick zu. Selten, antwortet sie abweisend, und nach einer Pause lebhafter, nein, das konnte ich mir damals, als ich mit meinem Rotkohl im Arm jeden Abend am Straßenrand hockte, nicht vorstellen, daß dieses Zusammengehörigkeitsgefühl in der Fremde so verlorengehen könnte! Ich raffe das Durcheinander der Dokumentationsblätter an mich. Habe ich nun Victoria von den Fangnetzen erzählt oder nicht? Was war das für ein Feilschen um das auf dem Boden ausgebreitete Gemüse, fährt Victoria unterdessen fort, ein ausgelassenes Feilschen um fast nichts! Obwohl da natürlich auch Gauner waren, die mir hinterrücks einen Rotkohl wegstahlen, Rotkohl mit Süßkartoffeln gekocht, und man hat für ein paar Tage überlebt. So hockte ich schließlich mit allen Rotkohlköpfen an mich gepreßt am Straßenrand. Erst wenn es dunkelte, begann ich die letzten Rotkohlköpfe entzweizuschneiden, noch heute sehe ich die weißen Adern im Kohl leuchten, als wären es Straßen in die Welt. Zerstreut betrachte ich Victoria. Das Bild des brennenden Turms steht wieder vor mir. Wecken Sie mich, sage ich, falls Sie Schritte auf der Plattform hören? Victoria runzelt die Stirn. Erwarten Sie jemand? Muß ich das Schild ändern? Nein, durchaus nicht, winke ich ab und wende mich zur Treppe. Gute Nacht!

Vierundzwanzigster Turmtag

Das war meine unruhigste Turmnacht bis jetzt. Kurz nach Mitternacht bin ich aufgestanden und habe sogar den Rest kalter Polenta gegessen, um mich vielleicht so zu beruhigen. Aber kaum tauchte ich in den Schlaf, erschütterte ein Ruck die Plattform. Die Ankerseile wurden losgezurrt, eine starke Strömung erfaßte unverzüglich den Turm und trieb ihn seeaufwärts. Wie, waren denn alle einstigen Kanäle zum entlegenen Meer wieder offen, selbst die nur geplanten, die zur Hälfte gebauten oder in einem anderen Jahrhundert zugeschütteten? Längst hatte ich den See verlassen. Ein Sturmwind jagte mich vorwärts, vorbei an rauchenden Industriekaminen, Wohnblöcken, lichten Birkenwäldern, Kernkraftwerken, Reisfeldern, und weit vorn, schimmerten da nicht die Kuppeln, Paläste und orientalischen Türme der Stadt am Meer, auf der Etikette des Lederkoffers, vergessen auf dem Dachboden? Aber die Glutfarben der Stadt rührten nicht vom Sonnenuntergang her, nein, das war der Widerschein der Flammen, die bereits lichterloh aus dem Turm schlugen! Ich drückte mich flach gegen die Plattform, um den Rauchwolken zu entgehen. Da entdeckte ich plötzlich, wenige Meter vor mir, auf einem kleinen Floß das Mädchen mit den schwarzen Schonern an Ellbogen und Knien, das Haar war hüftlang gewachsen und bedeckte die ganze Rückenseite, die es mir zuwandte. Ich rief, so laut ich konnte, aber es blickte nicht zurück, mit wachsender Schnelligkeit entfernte es sich auf seinem kleinen Floß immer mehr von mir, schon erreichte es das offene Meer. Verzweifelt sprang ich ihm nach, hinein in die Wellen, die von den Flammen erhellt waren, ich wollte schreien, doch jetzt schwappten die Wassermassen über mich hinweg und füllten mir den Mund.

Als ich die Augen öffnete, war kein Knistern, kein Prasseln von Feuer im Turm zu hören. Nur ein fahler Schein von Dämmerung fiel hinab bis zu mir ins Erdgeschoß. Ich verließ das Bett und spähte durch die Treppenluke hinauf. Wie gebannt hielt ich den Atem an und machte nicht die geringste Bewegung. Deutlich nahm ich das Gesicht Victorias wahr, das sich aus der Höhe zu mir herunterbeugte. Ihren Blick konnte ich nicht erkennen, da er durch das gelöste Haar bedeckt war. Dennoch fühlte ich mich einer durchdringenden Beobachtung ausgesetzt und schloß unwillkürlich die Augen. Als ich von neuem hochschaute, wünschte ich, Victorias Gesicht wäre verschwunden. Aber es war immer noch da. Im Turm herrschte Stille. Auch aus der noch schlafenden Stadt drang kein Laut. In einer Zeitlupenbewegung zog ich mich ins Bett zurück. Lange konnte ich nicht wieder einschlafen. Als es mir mit anbrechendem Morgen endlich gelang und ich darauf spät erwachte, war Victoria nicht mehr im Turm.

Eben habe ich den Kerzenvorrat kontrolliert. Diese vielen Kerzen sind eine Gefahr! Jäh beschließe ich, alle in den See zu werfen. Den Abort benütze ich nie mehr als Lesekabinett, und Victoria und ich haben uns angewöhnt, nur so lange miteinander zu reden, wie wir unsere Gesichter noch unterscheiden können. Notfalls bitte ich den Sekretär um eine Taschenlampe. Mit sämtlichen Kerzen verziehe ich mich hinter die stadtabgewandte Seite des Turms. Kein einziges grünes Pedalo in Sicht! Von den in den See hineinhängenden Ahornen des Parks lösen sich die ersten Blätter und treiben auf den Wellen. Scheinbar in die Turmdokumentation vertieft, lasse ich Kerze um Kerze ins Wasser fallen. Als sich ein Schiff von Süden her nähert, habe ich die Sache erledigt. Ich steige auf den Dachboden, weniger erleichtert, als ich erhofft hatte. Gaben mir diese lächerlichen Kerzen, ohne daß ich es wahrhaben wollte, doch einen Halt in der Nacht? Warum nur muß ich, gerade jetzt, auf das am Fensterladenhaken baumelnde T-Shirt Victorias starren, in dessen verwaschenem Purpurviolett das zerstampfte Fleisch der Erdbeeren aufscheint, mit dem meine Mutter die weißen Brotschnitten in der Pfanne belegt hat? Sie schiebt sie vorsichtig hin und her im brutzelnden Fett, an ihrem forschend auf mich gerichteten Blick erkenne ich sofort, daß sie weiß, was ich gesehen habe. Sie glaubte mich vielleicht auf dem Dachboden, oder wollte mich mit meiner Lieblingsspeise in die Küche locken, aber ich war im Garten, zwischen den

Hortensiensträuchern versteckt. Ich habe den vehementen Wortwechsel zwischen meiner Mutter und den zwei Männern gehört, die über die Wiese zur Lärche schritten, dem königlichsten Baum des ganzen Gartens. Die Lärche überragt alle anderen Bäume, und die lichte Krone, in diesem Jahr dunkel gefleckt von Elsternnestern, berührt fast den noch hellen Abendhimmel. Die Männer klettern, mit Steigeisen an den Schuhen, den Stamm der Lärche hoch, ich höre die erregte Stimme meiner Mutter, Sie nützen die Abwesenheit meines Mannes aus! und das Zuschlagen der Haustür. Die Männer aber sind unterdessen mit unglaublicher Behendigkeit in der Krone angelangt. Auf einmal ertönt das vielstimmige, aufgebrachte Krächzen der Elstern, die von allen Enden des Gartens herbeigeflogen kommen. Doch die Männer wühlen schon in den Elsternnestern und werfen mit raschen Handgriffen etwas Klumpenartiges durch die Luft herab, bald werden sie sich dem nun rasenden Flügelschlagen der Elstern nicht mehr erwehren können. Ich eile auf die Wiese hinaus. Aus dem Himmel regnet es kleine, teilweise noch nackte Vogelkörper, die am Boden zerschmettern. Innerhalb weniger Augenblicke ist die Wiese übersät mit der zuckenden, blutenden Brut. Gelähmt sehe ich auf den Todeskampf der kaum geschlüpften Vögel, bespritzt vom Kot der über mir zeternden Elstern. Einmal schaue ich in die Lärchenkrone hinauf, aber alles verschwimmt mir vor den Augen, die Silhouetten der

Männer, der letzte herabschwebende Flaum, eine purpurschwarze Schwanzfeder. Und dann stehe ich plötzlich in der Küche, meine Mutter verschiebt im Dämmerlicht wortlos die Erdbeerschnitten in der Pfanne. Aber ist das weiße Brot mit zerstampften Erdbeeren belegt, oder mit der blutig dampfenden Vogelbrut? Am fassungslosesten jedoch, sagte meine Mutter Jahre später, sei sie an jenem schrecklichen Abend darüber gewesen, daß ich, zitternd in der Küche stehend, mit großen Augen unverwandt die Erdbeerschnitten betrachtend, auf einmal angefangen habe zu singen.

Im Zwischengeschoß habe ich meinen Nachmittagsschlaf gehalten. Der Holzboden speichert hier jetzt am meisten Wärme, und ich lege mich einfach platt darauf. Um diese Zeit drohen öfters noch Besucher aufzutauchen, obwohl ich inzwischen ihr Klopfen und Rufen derart ignoriere, als seien es Verkehrsgeräusche. Sogar Victorias Kommen habe ich überhört und bemerke erst am leisen Knarren der Treppe, daß sie im Turm ist. Waren Sie im Lido? frage ich ebenso gedankenlos wie mutwillig. Ich habe noch andere Orte, sagt Victoria. Und nach einer Pause, mit der Hand auf die gegenüberliegende Quaiseite weisend, dort in der alten Kirche, direkt an die Hotelruine angebaut, gibt es einen Bogendurchgang mit dem Hochland meiner Großmutter. Sozusagen, lacht Victoria, da ich sie ungläubig anschaue. Allerdings sind zu viele Bäume darauf gemalt, die Landschaft hat trotzdem etwas von der Pampa, die Häuser leuchten so weiß wie im Dorf meiner Großmutter. Aber natürlich handelt es sich um Jerusalem, denn der Tempel Salomons ist sogar angeschrieben, doch die ganze prachtvolle Stadt Jerusalem ist menschenleer, von einer gespenstischen Verlassenheit. Im Grunde liebe ich nur die andere Seite des Bogendurchgangs, mit den Hügeln außerhalb der Stadtmauer, bewachsen mit so vielen Bäumen, wie wir es uns auf dem Hochland immer wünschen, und da ist auch ein Mensch, ein einziger Mensch! Sie erinnern sich? Ich muß ziemlich begriffsstutzig wirken. Es ist der einzige Mensch auf dieser gemalten Erde, fährt Victoria fort, nur an ihn kann man sich wenden. Und er hat auch das Gesicht einem zugekehrt, stundenlang unterhalte ich mich oft mit ihm, frage ihn nach dem Hochland, der Großmutter, den Ziegen. Warum nur sind gerade in seiner Nähe alle Häuser in sich zusammengestürzt oder wie von einem Blitz gespalten? Der Mensch ist angeschrieben, wie der Tempel Salomons, Juda steht darunter, in fetten Buchstaben, und er hängt an einem Strick, und dieser Strick ist an einem Baum befestigt, der aus einer Ruine wächst. Der Mensch hängt so still an dem Strick, mit schlaffen Armen, am Boden liegen Münzen zerstreut, er trägt einen schwarzen Überwurf, darunter kommt ein Rock zum Vorschein, ist es nicht ein gelber Rock?

Keine Frage Victorias kann ich beantworten. Nach einer Weile verstummt sie. Doch habe ich den Eindruck, sie möchte noch im Zwischengeschoß bei mir sitzen bleiben. Oder erwartet sie eine Fortsetzung der Turmgeschichte? Aber ich bin irgendwie abwesend, als zwinge mich etwas, Victoria nachzufolgen durch die Stadt, zu Orten, die ich nie so gesehen habe wie sie. Früh geht Victoria auf den Dachboden hinauf. Ich wälze mich schlaflos. Mitten in der Nacht erwache ich von einem Rascheln. Es scheint vom Dachboden herzukommen. Was macht Victoria bloß? Ein vorsichtiges, von Stille unterbrochenes Rascheln und Knistern, das nicht aufhören will. Ordnet Victoria ihre Plastiksäcke um? An Weiterschlafen ist im Augenblick nicht zu denken. Als es oben endlich ruhig wird, gehe ich auf die Plattform hinaus. Unweit von mir gleitet eine Lampe über den dunklen See. Sofort lausche ich angespannt. Aber es kann sich unmöglich um ein Pedalo handeln. Nur ein leises Klatschen von Ruderschlägen ist zu hören. Und dann erkenne ich, im schwachen Umkreis der Lampe aufrecht sitzend, mit gespitzten Ohren, die kleine schwarze Silhouette.

Hat Victoria nicht eben gerufen? Ich muß mich wieder einmal verschlafen haben. Schon wird es langsam hell im Turm. Jetzt höre ich erneut, vom Dachboden her, deutlich ihre Stimme. Rasch ziehe ich mich an und eile hinauf. Victoria steht am offenen Fenster, noch ist erst ein rötlicher Saum am Horizont zu sehen, aber ihre Augen glänzen im Frühlicht. Unwillkürlich mustere ich die Reihenfolge der Plastiksäcke rund um ihr Bett, sie ist leicht verändert, ohne daß ich daraus eine Mitteilung entziffern kann. Wollten Sie nicht immer, fragt Victoria, vor Sonnenaufgang mit der Beschreibung der Vogelfanganlage beginnen? Ich merke erst jetzt, daß ich mich auf Victorias Bett gesetzt habe. Wo sind wir stehengeblieben? Victoria schlingt das Gummiband enger um ihr Haar im Nakken. Erwähnten Sie nicht einmal einen Korridor, einen Korridor von Bäumen? Die Baumkorridore, rufe ich, natürlich! Ich bin aufgesprungen und, etwas ruhiger, doch wie beflügelt von einem Gefühl des Anfangs, sage ich, die Baumkorridore sind das Grundlegende, ihre kunstvolle Anordnung macht erst die ganze Vogelfanganlage aus. An ihr, und selbstverständlich auch an der Beschaffenheit des Beobachtungsturms, kann man ermessen, daß nur vermögendere Familien sich solche Anlagen leisten konnten, während die bäuerliche Bevölkerung sich mit primitiven Netzen, Schlingen und Leimruten begnügte. Die entlegenen Bergtäler, wo die Armut am häufigsten Menschen in die Emigration trieb, wurden von den großen Vogelzügen sowieso nicht berührt. Da blieb nur die Polenta, ohne auch nur eine gebratene Lerche darauf! Victoria schaut mich unablässig an. Ich gehe zum Fenster und zeige auf den grauen See hinaus. Da unten müssen Sie sich ein ovales oder kreisrundes Gelände vorstellen, bepflanzt mit einer oder manchmal mehreren Doppelreihen von Bäumen, Buchen oder Eichen, die ihr Laub erst spät verlieren und so den Zugvögeln vermeintlichen Schutz bieten. Die unteren Zweige werden wie bei Spalieren geschnitten, so daß fensterartige Zwischenräume entstehen, wie leicht und gern fliegen da die erschöpften Vögel hinein. Auch hören sie im Innern die Lockvögel in ihren Käfigen rufen, die Beeren von Wacholder, Eberesche und Lorbeer glänzen, aber die oberen Zweige sind nicht mehr spaliermäßig geschnitten, sondern wachsen dicht ineinander und verwandeln so die Baumkorridore in unentrinnbare Tunnels. Auch die unteren Spalierfenster sind kein Ausweg mehr, denn längst haben sich die Vögel in den loseren und strafferen Netzen im Tunnelinnern verfangen. Erzählte ich Ihnen nicht von den Netzen?

Victorias Augen sind unvermindert auf mich gerichtet. Plötzlich ertrage ich ihren Blick nicht mehr. Ich lehne mich zum Fenster hinaus. Wie leuchtend ist nun die Atmosphäre, und dieses besondere Wehen der Luft, das Nordwind ankündigt. Es wird ein klarer Tag werden! rufe ich Victoria zu, die inzwischen zum Treppenabsatz gegangen ist. Ich muß gehen, sagt sie halblaut, eher zu sich selbst als zu mir. Und ich sehe gerade noch, wie Victoria die Stufen hinuntergeht, die Haarsträhne auf ihrem gesenkten Nacken, sie muß ihr beim Zusammenbinden des Haars entschlüpft sein. Victoria entfernt sich so geräuschlos, daß ich nicht einmal ihre Schritte auf der Plattform höre. Noch nie habe ich ihr beim Verlassen des Turms nachgeschaut. Heute eile ich auf einmal ins Zwischengeschoß und spähe durch den Lichtschlitz, aber Victoria ist schon unter den Platanen verschwunden. Die gegenüberliegende Quaiseite ist jetzt von der Sonne beschienen. Messerscharf sehe ich die Kontur jedes einzelnen Hotels, mein langgestrecktes Zitronenhaus, flankiert von den Pinien, unseren grünen Kamelen. Ich schließe die Augen und höre die Palmen rascheln beim Eingang, die Rattansessel auf den schmalen Balkonen werden verschoben, ein weißer Vorhang bauscht heraus. Im kaum mehr benützten Musikzimmer bleicht die Fotografie des Hotelgründers, Garibaldiner wie mein Urgroßvater, der bis nach Sizilien zog mit den Rothemden, diesen ebenso umjubelten wie als malerische Vogelscheuchen verspotteten Kämpfern, bald als tollkühn gefürchtet, bald als Träumer verachtet. Jetzt ist das Klavier im Musikzimmer verstimmt, die Tastatur gelblich geworden, von den

Hämmerchen im Innern rieselt unhörbar der Filz wie Schuppen zwischen die Saiten. Draußen über den Quai braust der Verkehr. Wir haben uns unter den drei Pinien verabredet, über dem See ein einziges Gleißen, nichts deutet auf die bevorstehende Sonnenfinsternis hin. Ich werde dich, nicht die Sonne, durch ein grünes Einmachglas betrachten! hatte ich gelacht. Aber das letzte der Bülacher Einmachgläser im Keller meiner Mutter ist verlorengegangen. Ich halte nur noch dich in den Armen. Eiliger als sonst scheinen die Autos an uns vorüberzurollen, doch auf einmal wird es still auf der Welt. Der See erlischt unmerklich. Das gelbe Hotel verblaßt, das Grün der Pinien wird stumpf. Grau, ohne auch nur eine glänzende Fensterscheibe, liegt die Stadt da. Eine jähe Kühle läßt uns frösteln. Für den Bruchteil eines Augenblicks ist mir, mit dem Erlöschen der Welt sei auch unsere gemeinsame Lebenszeit zu Ende. Und eine Ahnung des wilden Schmerzes überfällt mich, den man, um des Überlebens willen, sich nie vorzustellen wagt.

Am Nachmittag wird der Nordwind stärker. Die kegelförmigen Berge, die Antennen auf den Dächern der Stadt, jede einzelne Platane am Quai treten so klar hervor, als wäre alles näher gerückt, während der Prospekt des Himmels dahinter abgrundtief blau ist. Dort drüben, deutlicher als sonst, geduckt neben der Hotelruine, ist auch Victorias alte Kirche, Überrest des abgerissenen Klosters, in dessen Grundmauern die Gänge mit den abgeschiedenen Zellen derart lesbar blieben, daß aus ihnen die jetzt ausgebrannten Hotelkorridore entstanden. Aber wo hat Victoria das Hochland ihrer Großmutter entdeckt? Sie muß geradewegs auf die Freskenwand im Kircheninnern zugeschritten und unter den drei Bögen durchgegangen sein, während ich, doch warum nur, beim Betreten jeder Kirche mich sofort nach der Rückwand umdrehe. Immer schon, von klein auf, muß ich mich umdrehen, denn plötzlich könnte mit Wucht das Hauptportal aufgestoßen werden. Meinem Vater, der mich ins Hochamt mitgenommen hat, ist das dauernde Sichumdrehen nicht entgangen, er wirft hin und wieder einen Blick zu mir herunter. Er ist mit mir in den hintersten Bänken auf der Männerseite niedergekniet, nie würde er sich in den Ratsherrenbänken einreihen. Manchmal bedauere ich das ein wenig, nicht unbedingt der Armstützen wegen, die für ein Kind sowieso zu hoch sind und eher wie ein hölzerner Kragen den Hals umschließen, aber in die Ratsherrenbänke gelangt man neben dem Taufstein durch ein Türchen, versehen mit einem Riegel, so daß man sich in den Ratsherrenbänken wie in einem Spielhaus abschließen kann. An diesem Türchen hätte ich mich gern betätigt. Aber mein Vater mischt sich mit mir stets in den hintersten Bänken unter die Bauern, die von ihren abgelegenen Höfen heruntergekommen sind, ich bin in eine Wolke von Weihrauch, den durchdringenden Geruch von Kuhstall, Tabak und Tannenharz eingehüllt. Von

Zeit zu Zeit wende ich vorsichtig den Kopf, denn der Fecker Graf könnte im Hauptportal erscheinen. Mein Vater und ich sind zwar nicht gerade hinter einem der monumentalen Pfeiler, mit den eingerollten Blüten und dem ausladenden Kranzgesims, welche die Wölbung des Kirchenschiffs tragen, aber der Hochaltar aus hellrotem Stuckmarmor ist doch sehr fern. Nur manchmal, bei besonderem Sonneneinfall, glänzt weit oben der vergoldete Erdball auf, den ein kleiner Putto unaufhörlich in Rotation hält. Auch die Deckengemälde sind zu entrückt, ich begreife wenig von dem himmlischen Tumult in den Wolkenmassen. Die Orgelempore hingegen ist direkt über unseren Köpfen, die untere Tribüne wölbt sich weit in den Mittelgang hinaus, das Brüstungsgitter glitzert mit seinem Laubwerk. Wenn das Klagen und Jubeln auf der Orgel anschwillt, drehe ich mich wieder einmal um. Kein Fekker Graf im Hauptportal, auch nicht einen Spalt ist es aufgegangen. Von dem vielen Michumdrehen bin ich dafür sehr vertraut mit dem Mann im schwarzen Rock auf dem Ölgemälde neben dem Eingang, dem Mann am Meer, beide Schultern mit einer Muschel bestirnt. Er ist von so dominierender Gestalt, daß er fast aus dem Bild hinauswächst, und das Kind zu seinen Füßen ihm beschwörend nachblickt. Doch der Himmel hinter ihnen in der Ferne, der purpurrot flammt! Er spiegelt sich in den gekräuselten Wellen wider, die am Horizont ein nie gesehenes Schiff tragen, lichtschimmernd, fast diaphan. Im Sonnenuntergang oder einer Morgenröte? Der Mann, der aus dem Bild hinauswächst, ist mein Vater. Ich habe seine öffentlichen Auftritte nie erlebt, dafür kenne ich seinen manchmal, wenn kein Fremder ihn sieht, versunkenen Blick. Das schwarze Kind mit dem Kraushaar zu seinen Füßen aber bin ich, geschmückt mit blitzenden Perlen und einem Lendenschurz aus silbernen Palmenblättern, ich hebe die Hände zum Abschied, denn schon nähert sich rasch vom Horizont her das zauberische Schiff. Und wenn wir, kaum ist das Ite missa est verklungen, aufstehen und das Hauptportal sich öffnet, ist zwar kein Fecker Graf da, aber das Schiff ist im Morgenglanz gelandet und nimmt mich mit auf eine Fahrt, von der ich nicht wissen will, wo sie zu Ende geht.

Klar wie der Tag wird die Nacht. Der Wind hat sich gelegt. Die Lampen am Quai werfen stille Lichtschluchten ins Wasser. Victoria ist noch nicht gekommen.

Durch die Fugen der Tannenholzbretter dringen schmale Streifen Helligkeit. Ohne zu horchen, ziehe ich mich an und gehe, nicht ein einziges Mal halte ich auf einer Stufe inne, auf den Dachboden. Victorias Bett ist unberührt. Mit angehaltenem Atem starre ich auf das glattgestrichene Leintuch. Stehe ich überhaupt noch da, oder wird die ganze Welt unwirklich? Ich kann den Blick kaum von Victorias Bett lösen. Keiner ihrer Plastiksäcke fehlt. Mechanisch schiebe ich die Fensterläden zurück. Im Osten strahlt, groß und intensiv, der Morgenstern. Unbestimmbare Angst nimmt von mir Besitz. In der Stadt fahren die ersten Busse an, Jalousien werden hochgezogen. Lange bleibe ich am Dachbodenfenster. Der Morgenstern wird blasser und kleiner, zuletzt ist er nur noch wie eine glühende Nadelspitze sichtbar, dann verschwindet er in der Morgendämmerung. In der Höhe wirkt der Himmel durchsichtig, aber hinter den Bergen steigen flammengesäumte Wolken auf. Ich gehe ins Erdgeschoß hinunter und esse eine Brioche. Erst als es mich im Hals würgt, merke ich, daß ich die halbe Plastikfolie mitgegessen habe. An der Tür hängt das Schild richtig, Bitte nicht stören. Im Abort nehme ich die Turmdokumentation aus dem Regal. In einem ersten Impuls will ich sie zerreißen und in die Toilette werfen, dann aber verziehe ich mich mit ihr hinaus auf die Plattform. Den ganzen Morgen sitze ich, stadtabgewandt, an den Turm gelehnt und streue die Dokumentationsblätter in Fetzen aufs Wasser. Hie und da schießen mit aufgeregtem Gekreisch Möwen herbei, schweben kurz über den Papierfetzen, drehen gegen den Turm ab, als wollten sie sich in meinem Haar festkrallen, und fliegen wieder davon. Später zerknülle ich ein frisches Leintuch und lege es zur schmutzigen Wäsche. Victorias Bett lasse ich bezogen.

Lustlos stochere ich am Nachmittag in meiner grünen Plastikbox. Seltsame Striche sind heute in die Polenta hineingezogen. Handelt es sich um unterschiedlich weit geöffnete Zirkel? Während meines Zerreißens der Turmdokumentation, so abwesend ich dabei auch gewesen sein mochte, habe ich doch bemerkt, daß die Blätter über das Verschicken der lebend gefangenen Vögel wirklich fehlten. Und obwohl ich davon nur wenige Einzelheiten erinnere, verfolgten mich nun gerade diese beim Vernichten der Papiere besonders hartnäckig, wie die Vögel in diese niedrigen Kästen gepfercht und auf der Reise, da sie ja als Eilgut gingen, nicht im geringsten gepflegt wurden, bis sie schließlich am Verdursten, Ersticken oder bereits tot ihre Endstation erreichten. Ich habe kaum ein paar Bissen von der lauwarmen Polenta heruntergebracht. Ist Victoria in eine Polizeirazzia geraten? Dann konnte sie weder ihre Plastiksäcke holen noch das bei sich getragene Geld behalten. Unverzüglich ins nächste Flugzeug gesetzt werden ist alles. Die Polenta erkaltet. Aus dem Stadtpark ist ein langschwänziger Vogel herüber auf die Plattform geflogen. Er hüpft lebhaft hin und her und schnappt nach Mücken. Jetzt zeigt er seine rotbraune Brust, den weißen Bauchflaum, das kleine schwarze Gesicht. Es muß ein Gartenrotschwanz sein. Seine dunklen Punktaugen glänzen, zutraulich kommt er näher, hat er seine Reise in die Savannen und Steppen Afrikas verpaßt? Ich forme aus der Polenta Krümel und lege sie auf die ausgestreckte Handfläche. Der Gartenrotschwanz flattert mehrere Male kurz in die Luft auf, bleibt aber in einer gewissen Distanz. Den Kopf an die Turmwand gelehnt, schließe ich die Augen und verharre bewegungslos mit der ausgestreckten Handfläche voller Polentakrümel. Ich will die Flugzeuggeräusche über der Stadt nicht hören. Eine Weile noch denke ich darüber nach, wie dieser zarte Gartenrotschwanz zu einer so gewaltigen Winterreise fähig ist, wie sogar die Knöchelchen seiner Flügel hohl sind, um das Gewicht zu verringern, wie er alle Grade des Luftwiderstands kennt und die Temperaturen in den verschiedensten Höhen. Dann muß ich eingenickt sein. Ich erwache vom kurzen Aufsetzen feiner Zehen auf meiner Hand, spüre ein unendlich leichtes Gewicht, das blitzschnelle Pikken des Schnabels, dann schwirrt der Gartenrotschwanz, über den Turm hinweg, fort.

Wie rasch es schon dämmerig wird. Die flammengesäumten Wolken des Morgens sind zu einer schwarzen Wand hinter der Stadt angewachsen. Und plötzlich, ohne das geringste Wetterleuchten, ohne ein einziges Donnern, ist vom Geschwader der grünen Pedalos beim Turm ein Prasseln zu hören. Hagel, so spät im Jahr? Unmöglich! Es ist ein Wolkenbruch, der sich aber mit solcher Heftigkeit entlädt, daß es nur so rauscht, sowohl vom Wasser her wie auch vom Quai. Unter den Platanen rennen Leute mit aufgeschlitzten Plastiksäcken über dem Kopf davon, andere springen mitten hinein in den Verkehrsstrom, um sich auf die andere Straßenseite unter die Arkaden zu retten. Die transparenten Aufzüge des Kasinos fahren unablässig auf und ab. Ich wickle meine Wolldecke um mich und gehe auf den Dachboden. Als es vollständig dunkel ist, sitze ich immer noch oben, auf dem bloßen Boden vor Victorias Bett. Inzwischen ist mir so kalt geworden, daß ich nach einigem Zögern auch Victorias Wolldecke um mich geschlungen habe. Das Geräusch des Regens ist jetzt gedämpfter, dafür stetig. Und dann höre ich, noch ganz wach, deutlich die Rufe vor dem Turm. Aber es ist nicht Victorias Stimme. Sofort ist alles an mir Horchen, nur noch Horchen, hinaus in die Nacht. Jemand ruft meinen Namen, und ich erschrecke darüber, als hätte ich nicht mehr gewußt, wer das sei. Ich drücke Victorias Wolldecke enger an mich. Die Wolldecke ist auf einmal so warm und atmet und regt sich kurz in meinem Arm, es ist das Mädchen mit dem Pagenschnitt und den schwarzen Schonern an Ellbogen und Knien, es ist noch ganz klein und schläft. Seine Stirne leuchtet weiß im Dunkeln. Mitten in der Nacht stehe ich in einem fremden Haus ohne Licht, das Kind an mich gedrückt, und sehe hinüber zu meinem schwach erhellten Fenster, vor dem der Mann im breitkrempigen Hut und dem langen Mantel meinen Namen ruft, wieder und wieder, nur meinen Namen, in stundenlanger Belagerung, befeuert von den heißen Wellen des Alkohols, obwohl Winternebel durch das Hochtal hinaufkriecht und immer undurchdringlicher den Platz vor dem Haus verhüllt. Jetzt höre ich nur noch die Stimme, die alle Register zieht, vom verführerischen Delirium bis zur Drohung, doch dann bricht nur noch Not durch, einsamste Not. Dennoch rühre ich mich nicht, überwältigt von der Unfähigkeit, etwas anderes zu tun, als dieses mir von meinen Eltern übergebene Leben unzerstört und furchtlos zu Ende zu leben.

Aber den Verstümmelungen entgeht man nicht. Eines Tages finden wir uns voller Narben wieder. Spät bin ich schlafen gegangen. Wie mich die sonst ersehnte Stille bedrückt. Victorias Geräusche vom Dachboden her fehlen mir. Ich habe mich so an sie gewöhnt.

Siebenundzwanzigster Turmtag

Ein hohes Miauen, fast ein Jaulen, weckt mich am Morgen. Darauf kratzt es an der Tür, heftig und insistierend. Mit offenen Augen im Bett liegend, weiß ich, daß Victoria nicht zurückgekehrt ist. Ich hätte es im Schlaf gespürt, ich wäre vor Freude aufgewacht. Heute erwarte ich den Sekretär mit der frischen Wäsche. Kaum aufgestanden, zerknülle ich ein weiteres ungebrauchtes Leintuch. Dann öffne ich die Tür und sehe das Schlachtfeld. Die Plattform ist übersät mit zerfetzten Vogelfedern, blutverkrustetem Flaum, am Rand liegt ein abgebissener Vogelkopf. Es muß eine Amsel gewesen sein. Mittendrin sitzt der schwarze Kater und putzt sich scheinbar unbeteiligt das Fell. Einen Augenblick hält er inne, schaut mich kurz an, und leckt sich weiter die Brust, nur eine Spur erregter. Stumm lasse ich mich zwischen den zerrissenen Vogelfedern auf der Plattform nieder. Unter einem moosgrünen Sessel, seine Füllung baucht sich beinahe bis zum Boden, schauen aus Kindertagen zwei gelbe Augenkreise mich an, leuchten dunkle Pupillen in Todesangst. Langsam taste ich mich mit den Händen unter dem Sessel vor, wenigstens die Wärme auf dem Teppich, welche die so nah zu mir geflüchtete Amsel hinterlassen hat, muß doch noch da sein! Irgendwann ist der schwarze Kater zu mir gekommen, lautlos, ich spüre nur plötzlich die kleine pelzige Stirn an der meinen. Hilflos erwidere ich, kaum merklich, seinen Druck, aber schon löst sich aus dem Zungengrund des Tiers ein geradezu triumphierendes Summen.

Der Sekretär steht vor mir und räuspert sich. Wie lang tut er das schon? Das erste, was ich mit einem Schlag geistesgegenwärtig feststelle ist, daß er kein Wäschepaket mit sich trägt. Gereizt sage ich, auf die Überreste der zerfetzten Amsel deutend, bitte, nehmen Sie das mit. Der Sekretär macht nicht die geringsten Anstalten, sich zu bücken. Er mustert mich unruhig. Klebt blutverkrusteter Vogelflaum an mir? Sofort! füge ich hinzu. Der Sekretär rührt sich nicht. Ist es möglich, daß auf einmal etwas wie Abbitte in seinen Augen liegt? Ich will mich nach der Wäsche erkundigen. Daß ich mir den Tag merke, ist nicht zuletzt ein Beweis meiner Vernunft. Aber der Sekretär ist einen Schritt näher gekommen. Er fragt leise, verwechseln Sie mich nicht mit einem Vogel? Allerdings, rufe ich in einem jähen Anflug von Streitlust, ich halte Sie für einen Sekretär! Der Sekretär faßt mich an beiden Ellbogen, wie?! Dasselbe aschgraue Gefieder, sage ich, dieselben fahlweißen Steuerfedern, nur das Auge feuerfarbig umrandet, wie Sie! Der Sekretär verstärkt seinen Griff an meinen Ellbogen. Auch mit seinen langen Beinen gleicht er Ihnen, fahre ich fort, dem etwas flach gedrückten Scheitel, doch diese schwarzen Schmuckfedern am Hinterkopf, die der Sekretär steil aufrichten kann! Wie ein Schreiber, der die Feder hinter das Ohr gesteckt hat, schreitet er durch die Steppe. Auf den Boden angewiesen, fremd in der Luft, braucht der Sekretär nur ungern seine Schwingen, zwingt ihn doch etwas zum Fliegen, muß er dazu einen Anlauf nehmen, hat er sich aber einmal in die Höhe gearbeitet, schwebt er leicht dahin, weite Strekken, ohne einen Flügelschlag! Ich spüre den Griff des Sekretärs nun so stark, daß ich Widerstand zu leisten beginne, indem ich mich mit Kraft nach links und rechts bewege, was ein leichtes Schwanken der Plattform verursacht. Daß es unaufhörlich regnet, bemerke ich erst jetzt, hat es seit gestern abend überhaupt nicht aufgehört? Der Sekretär scheint eine Jacke zu tragen, die das Wasser abstößt, doch sein Gesicht glänzt vor Nässe, mir selbst kleben die feuchten Haare auf den Wangen. Das ungewöhnlichste Schauspiel aber, sage ich so laut, als müßte ich die quietschenden Fahrgeräusche der Autos in den Wasserpfützen auf der Quaistraße übertönen, bietet der Sekretär, wenn vor der Regenzeit das Steppengras angezündet wird! Zuerst langsam, dann immer rascher, mit Knistern und Qualm, dehnt sich der Brand aus und stört das letzte schlafende Steppentier auf, am schnellsten aber läuft vor der vorrückenden Flammenlinie der Sekretär, stundenlang, keineswegs auf der Flucht, vielmehr auf der Jagd, mit vorgebogenem Leib, kaum innehaltend vor Gier und Hast verschlingt er, trotz der nahenden Feuerwalze, unglaubliche Mengen fliehender Tiere, was zum Teufel frißt er denn! schreit der Sekretär. Er umfaßt mich jetzt fest mit beiden Armen. Nochmals mit Wucht stemme ich mich dagegen, die Plattform schaukelt, einundzwanzig Schildkröten! schreie ich zurück, einundzwanzig Schildkröten hat man aus dem Kropf eines getöteten Sekretärs gezogen, elf Eidechsen, drei Schlangen, unzählige Heuschrecken! Der Sekretär drückt mich so an sich, daß ich kein Wort mehr herausbringe. Das Schaukeln der Plattform geht nahezu in ein Tanzen über, tief atme ich den Geruch der nun von Feuchtigkeit dampfenden Jacke des Sekretärs ein. Außer dem tröstenden Druck seiner Arme gibt es nichts mehr auf der Welt. Und dann höre ich, bis weit auf den See hinaus, das Geräusch des Regens auf den immer glatter werdenden Wellen.

Der Sekretär bückt sich nach den Überresten der Amsel. Ich gehe in den Turm hinein, um die zerknüllten Leintücher zu holen. Doch während ich ihm diese sonst als Wust ausgehändigt habe, falte ich sie heute sorgfältig. Es hat nichts zu bedeuten, sage ich mir beim Falten, daß er keine frische Wäsche gebracht hat, ich werde mich nicht einmal danach erkundigen. Mit der geordneten Beige auf dem Arm trete ich vor den Turm. Der Sekretär richtet sich auf und schaut mich eine Weile bewegungslos an. Dann legt er schweigend, Stück für Stück, die übriggebliebenen Körperteile der Amsel auf die Leintücher. Blutigen Bauchflaum, Schwanzfedern, die gekrümmten Zehen, der Kopf fällt leicht zur Seite, das Auge ist ausgelaufen. Aber hat nicht eben der gelbe Lidrand gezuckt? Wie aufgebahrt liegt nun die Amsel auf den Leintüchern in meinem Arm. Warum haben Sie, frage ich den Sekretär, keine Pfefferminze mitgebracht? Sie hätten sie mit der Amsel begraben können. Der Sekretär nimmt mir die Beige Leintücher ab und wirft dabei einen nachdenklichen Blick auf das Schild, Bitte nicht stören. Der Andrang von Gästen ist immer noch groß, sage ich gefaßt. Doch habe ich den Eindruck, daß der Sekretär mit seinen Gedanken bei einer anderen Sache ist. Gewiß verabschieden sich, trotz des Vogelfangverbots, sagt er plötzlich lebhaft, immer mehr Vögel aus unseren verödeten Landschaften, aber haben Sie gehört, daß es dafür unerwartete Zuzügler aus wärmeren Gegenden gibt? Großräumige Veränderungen gehen vor sich. Vögel erschließen sich unaufhörlich neue Lebensgebiete, Ausbreitung oder Rückzug sind die Regel, und was uns stabil erscheint, ist die Ausnahme! Jetzt ist der Sekretär mit den Leintüchern, die er vor sich her trägt wie ich vorhin, am Ende der Plattform angelangt. Den Espresso bringe ich Ihnen an einem anderen Tag, ruft er noch, und ich schaue ihm lange nach, wie er sich mit der Leintücherbeige zwischen den Passanten durchbalanciert. Ich wende mich zum Turm. Ist es möglich, daß ich soeben, anstatt von Besuchern, von Gästen gesprochen habe?

Bis zum Einbruch der Dunkelheit bin ich auf dem Dachboden geblieben. Der Kommandoraum! In unveränderter Anordnung stehen Victorias Plastiksäcke um das Bett. Ich wage nicht mehr, sie anzufassen. Im Dämmerlicht ist mir auf einmal, sie hätten etwas mit den Baumreihen der Vogelfanganlage zu tun, den Buchen und Eichen, rund um die Lichtung. Und ist der Turm, in dieser kurzen Regenzeit, tatsächlich derart verwittert? Die Tannenholzbretter scheinen mir grau, fast morsch geworden. Vielleicht ist Victoria bei den Besetzern des alten Schlachthofs untergetaucht? Oder irrt schon durch die Straßen eines fernen Landes, dem sie für immer den Rücken kehren wollte? Ich schaue wieder den Kreis der Plastiksäcke an, die fahle Lichtung des Betts, Victorias Ende wird mir verborgen bleiben. Nach so vielen Turmtagen beginne ich bewußt, mit aller Kraft, mich in jene mir den Besuchern gegenüber aufgetragene Indifferenz einzuüben. Nur auf etwas andere Art, als von der Stadtverwaltung gefordert. Keine Angst um Victoria zu haben soll Ausdruck meines letzten Vertrauens zu ihr werden. Dann fällt mir wieder ein, daß der Sekretär keine frische Wäsche gebracht hat, und es gelingt mir nicht, eine Unruhe niederzukämpfen. Morgen bei Tagesanbruch werde ich die verbliebenen Leintücher zählen. Jetzt will ich noch ein wenig am Ausguck auf dem Dachboden verharren, seit Victorias Abwesenheit ist an frühen Schlaf nicht zu denken. Ich ziehe sacht die Wolldecke von Victorias Bett, wickle mich darin ein und trete ans offene Fenster. Der Regen hat aufgehört, doch wird er wohl bald wieder einsetzen, die kegelförmigen Berge sind von schwarzen Wolken verschluckt. Ich horche angestrengt, ob das Sprudeln und Plätschern der Brunnen nahe am See noch vernehmbar ist. Aber natürlich ist die Winterzeit nicht angebrochen, wenn die Brunnenanlagen der Stadt verstummen und plötzlich begehbar werden, und das Mädchen mit dem Pagenschnitt sich von mir losreißt, um in die vermoosten Wasserbecken hineinzuklettern und stundenlang darin herumzuspazieren, als erschlösse sich ihm erst so die wirkliche Stadt. Auf der diesseitigen Quaiseite sind nur einzelne Arkaden erleuchtet, während drüben das Zitronenhaus warm angestrahlt in der Nacht steht wie ein Bühnenprospekt. Stille kehrt in mich zurück. Sie wird auch nicht erschüttert, als ich am Rand des schwachen Lichtscheins, den die Quailampen aufs Wasser werfen, das grüne Pedalo entdecke. Es hat sich aus dem Geschwader der übrigen Pedalos gelöst und befindet sich unweit des Turms. Ich weiß, wer mich belagert! Dennoch dringe ich, zum ersten Mal ohne Furcht, in die Kontur der im Pedalo sitzenden Gestalt ein. Ich tue es so eindringlich und konzentriert, daß ich spüre, wie mein Finger dem breitkrempigen Hut entlangfährt, jetzt meine Hand über den Stoff des schwarzen Mantels streicht. Und nochmals drücke ich diesen Mantel fest an mich, diesen Mantel, den man mir eines Tages steif wie Leder vom getrockneten Blut gebracht hat, eine blutverkrustete Tierhaut. Ich drücke sie tief ins Badewasser, ein roter Schwall quillt an die Oberfläche, das Tier ist von neuem lebendig! Inzwischen ist der Mantel längst wieder tragbar geworden und paßt der Gestalt im grünen Pedalo. Wollte jemand mich mit dem Errichten dieses Turms vernichten? Aber wie hat er mir Trost und Untrost gespendet, in so erregendem Wechsel, bis daraus das unerklärliche Gleichgewicht dieses dunklen Herbstabends geworden ist. Es hat wieder zu regnen begonnen. Das Zitronenhaus leuchtet in der Nacht. Das grüne Pedalo steht wie festgezurrt am selben Ort. Endlich gehe ich die Treppe hinunter.

Es sind noch sieben Leintücher in der Speisekammer. Kaum war es hell, habe ich sie gezählt. Eingepackte Brioches hat es noch zwei Dutzend, im ganzen kein Grund zur Beunruhigung. Das Bett halte ich, wider jede Ahnung, für Victoria frei. Mehrmals am Tag gehe ich auf die Plattform hinaus und vergewissere mich, daß nicht etwa eine fremde Hand das Schild, Bitte nicht stören, umgedreht hat. Es muß die Nacht durchgeregnet haben, das Schild ist heute wie aufgeweicht und wellig. Im Stadtpark fallen lautlos die Blätter von den Bäumen. Drüben am jenseitigen Ufer, zwischen tropfenden Pinien und Palmen, steht erloschen das gelbe Hotel. Es wird sich noch in Wüstensand auflösen! Schon sind auch die filigranen Balkone mit den Rattansesseln gar nicht mehr sichtbar, und aus den Pinien mit den langgestreckten Hälsen sind wirkliche Kamele geworden, die im Sand scharren. Endlich hat man ihnen die Lasten der Drei Könige aus dem Morgenland abgenommen, Truhen voller Gold, Weihrauch und Myrrhe, und der jüngste der Drei Könige, der dunkle Kaspar, beugt sich neugierig hinter dem greisen Balthasar hervor. Seine Augen sind weit aufgerissen, er lacht voller Triumph und läßt Schwaden aus seinem Weihrauchfaß steigen, sieht er den gesuchten Stern näher strahlen? Doch nein, uns neigt er sich entgegen und heißt uns willkommen! Unten, auf der

Schwelle zum Hotel Drei Königen, stehen das Mädchen mit dem Pagenschnitt und ich. Seit meine Mutter, wenige Schritte entfernt, für immer aufgebahrt im Kerchel liegt, ist das Hotel mit den knarrenden Stiegen unsere Heimstatt geworden. Bei jeder Ankunft stellen wir zuerst vor dem Eingang unseren Koffer ab und schauen zu den Drei Königen empor, auch ihre Kamele hat man vom Gepäck befreit und dieses im gelben Sand aufgetürmt. Es hat im Grunde wenig Morgenländisches, dieses Gepäck der Drei Könige, sondern gleicht eher Überseekoffern, auch so etwas wie eine Huttrommel scheint dabei zu sein, und eine Truhe wie diejenige in unserem Kellergang, die ich jeweils mit Zeitungsbüscheln füllte. Das Mädchen an meiner Seite bevorzugt den greisen Balthasar, er trägt einen so fürstlichen Hermelin um die Schultern und einen Goldschatz im Arm, ich aber erwähle den dunklen Kaspar. Im großen getäferten Zimmer werden auch wir abends auf der Spiegelkommode einen Gabenaltar errichten, einen Berg von Fasnachtsorangen, die wir von den schellenbesetzten und kleine Tannenbesen schwingenden Vermummten erhalten haben. Orange auf Orange häufen wir auf, als befänden wir uns zuoberst in einem luftigen Turm fern im Osten, wo auf diese Weise die Gottheit verehrt wird. Wir sind aber zu Hause, untrügliches Indiz dafür ist das aus dem Deckentäfer herauslugende weiße Papiertaschentuch, genau über unserem Kopfkissen, irgendein Loch oder eine Spalte mußte damit gestopft werden, bei jeder Rückkehr finden wir es aufatmend wieder. Das Mädchen mit dem Pagenschnitt ist vor Müdigkeit noch bei den letzten Trommelwirbeln quer über dem Bett eingeschlafen. Eine Straßenlampe wirft ihren Lichtschein tief ins Zimmer, der Orangenberg schimmert verdoppelt im Spiegel, geräuschlos geht die Tür auf, der dunkle Kaspar beugt sich mit seinen weit aufgerissenen Augen herein.

Mitten in der Nacht fällt das Mädchen mit dem Pagenschnitt beinahe aus dem Bett. Darauf sitzt es steil aufgerichtet da und starrt verstört an mir vorbei. Weder meine Gegenwart noch der im Spiegel geisterhaft angewachsene Orangenberg beruhigen es. Erst das in bleichem Weiß sichtbare Papiertaschentuch, direkt über uns in die Deckenspalte gestopft, gibt ihm offenbar Halt. Das Mädchen legt sich aufs Kissen zurück. Wortlos streichle ich seinen Arm. Warum gehst du manchmal fort, fragt es leise, ohne mich mitzunehmen? Aber ich spüre sofort, wenn du aufgestanden bist! Dann schlüpfe ich aus dem Bett und suche dich überall, plötzlich höre ich das Drehen des Schlüssels im Schloß, ich springe zur Tür, noch im Dunkeln erkenne ich deine flauschig grüne Winterjacke. Ich will dich festhalten, aber du entgleitest mir auf die Treppe hinaus, ich stürze dir nach, da wendest du dich nach mir um mit einem Fuchsgesicht! Nicht mehr deine Wangen, nicht dein Haar, sondern eine spitze pelzige Schnauze, zitternd aufgestellte Ohren und glühende

Augen! Ich ziehe die Decke hoch und drücke das Mädchen an mich. Hörte es doch die Buchen rauschen um den Turm fern auf der Hügelkuppe! So nah und machtvoll, als wüchsen die vom Juniwind bewegten Äste aus meinen Schultern. Aber ein senkrechter Riß hat den Turm gespalten. In einer Gewitternacht? Aus dem Blätterdickicht des einstigen Baumkreises tönt der Klagelaut einer Amsel.

Das Hotel Drei Königen ist inzwischen geschlossen, obwohl das weiße Papiertaschentuch gewiß immer noch aus der Deckenspalte hervorlugt. Der dunkle Kaspar hat sein Kamel bepackt und ist weitergereist, über den höchsten Gebirgspaß, bis hinunter an den südlichen See mit den zwei kegelförmigen Bergen. Dort ist er im gelben Hotel, das ihn an den Wüstensand erinnert, abgestiegen. Aber er hat an der Réception nie seinen wahren Namen preisgegeben. Er hat das Gesicht gebleicht, den Turban abgelegt, von Weihrauch keine Spur. Warum nur habe ich ihn mit einem Mal erkannt, unwiderruflich, als erhellte ein Blitz die Szene? Mein Kaspar ist stolz und vorsichtig, aber vielleicht wähnt er sich doch zu sicher. Was verführt ihn dazu, mir so arglos, kaum haben wir ein paar Worte gewechselt, davon zu erzählen, wie er sich als Kind das Gesicht schwarz färbte? Alarmiert betrachte ich ihn. Er berichtet ruhig weiter, wie er an einem regnerischen Sommerabend barfuß den stillen Keller der väterlichen Werkstatt betrat, und von diesem Augenblick an sehe ich alles genau vor mir. Da sitzt er, der kleine Kaspar, mit nackten baumelnden Füßen an der Werkbank, er hat die verschiedensten Nägel sortiert, aufgereiht und gezählt, jetzt buchstabiert er mühsam die Litanei der vorgedruckten Vermerke auf dem Rechnungsblock, Absätze, Spitzen, Ecken, Fersenfutter, Brandsohle, Decksohle, Kappen, Ösen, Schnallen, Haken, Schwärzen, Auffrischen, Färben, er kommt richtig in Schwung dabei, besonders das Ende der Litanei hat es ihm angetan, Schwärzen, Auffrischen, Färben! Klingt das nicht wie ein Befehl? Und da die Dosen mit Schuhcreme, vor allem schwarzer, wie auf einem Schminktisch in Griffnähe bereitliegen, zaudert der kleine Kaspar keine Sekunde mehr. Flugs dreht er die Dosendeckel auf und schwärzt sich mit den Fingern das Gesicht bis hinter die Ohren, die Schuhcreme ist herrlich pastenartig, fettig, und riecht so eigenartig. Nach vollendetem Werk springt er hinaus, um die Brüder zu erschrecken, im nun prasselnden Sommerregen prüft er kurz das Gesicht im Seitenspiegel eines Autos, der Regen läuft folgenlos über die schwarzen Wangen herunter, die Farbe hält! Mit aufgerissenen Augen lacht er in den schmalen Autospiegel hinein. Mein König Kaspar redet längst von anderen Dingen. Doch welche Enthüllung eben! Ich versuche, mich zu bezähmen, aufmerksam zu bleiben, aber von weit her, unbesiegbar, kündigt sich der leuchtende Aufruhr des Blutes an.

Der Regen trommelt gleichmäßig auf die Plattform. Der König Kaspar setzt sich auf sein Kamel und zieht, da er im Traum eine Weisung empfangen hat, auf einem anderen Weg in sein Land zurück. Schon lange, bevor das Hotel Drei Königen geschlossen wurde, hob man südlich des Hauptplatzes die Post in jenem Gebäude auf, dessen Schalterhalle mit dem bemalten Tonnengewölbe und den Arkadenöffnungen mir als Kind wie ein Ballsaal erschien. Auf einmal verknüpft sich mir diese Schalterhalle mit dem in die Fremde reitenden König Kaspar. Denn niemand wußte im Postgebäude so imponierend aufzutreten wie der Fecker Graf. Oben im gemalten Deckenhimmel der Schalterhalle schwirrten Brieftauben mit frankierten Couverts in einem rasenden Ballett hin und her, während wir unten geduldig warteten. Wenn jedoch der Fecker Graf in seinem langen Trenchcoat hinter der Glastür auftauchte, machten ihm alle unwillkürlich Platz. Das französische Béret trug er so flach an den Hinterkopf gedrückt, daß ein flüchtiger Blick es als schwarze Haarmähne hätte wahrnehmen können. Aber der Fecker Graf hatte fast keine Haare mehr, vielleicht von seiner Arbeit als Mineur, oder die Sonne hatte sie ihm in der Wüste während seiner Zeit als Fremdenlegionär weggesengt. Der Fecker Graf schritt geradeaus zu einem Schalter, rückte würdevoll sein Béret zurecht und fragte mit durch die ganze Halle vernehmbarer Stimme, est-ce que vous avez quelque chose pour Graf André mille neuf cent cinq? Keines von uns Kindern wäre erstaunt gewesen, wenn eine der Brieftauben an der Decke ein Couvert für ihn hätte fallen lassen. Der Postbeamte hinter der Glaswand schüttelte verneinend den Kopf. Der Fecker Graf blieb ostinat vor dem Schalter stehen. Hilfeheischend schauten wir zu den herumfliegenden Brieftauben und den emsig mit allerlei Telegrafen beschäftigten Putti auf. Und dann plötzlich, die Schamröte schießt mir ins Gesicht, erkenne ich, wer dort oben in einer Gemäldekappe sitzt und ruhevoll über dieses Chaos hin und her irrender Botschaften wacht. Sie also ist die heimliche Verbündete des Feckers Graf! Sie ist es, in ihrer weißschimmernden Seidenbluse, eine lose Girlande aus Margeriten im Schoß, durchsetzt mit Kornblumen vom selben Wasserblau wie ihre Augen, die Mitwisserin aller Wanderschaften, meine Großtante vom Schuhgeschäft. Ich senke den Kopf, mein Herz schlägt so laut, daß alle Wartenden vor dem Schalter es hören müssen, meine Füße beginnen grün zu leuchten. Als ich wieder aufblicke, schwingt sich der Fecker Graf schon auf sein Velo. Der Stern der Drei Könige verblaßt über dem Hoteleingang. Irgendwo in dieser Nacht ist Victoria unterwegs. War dies alles, daß wir Gast beieinander waren, so kurz wie nur einen einzigen Tag?

Neunundzwanzigster Turmtag

In der Nacht trat Victoria an mein Bett. Sie trug eine Federkrone auf dem Kopf, die fast unmerklich schwankte. Deutlich sah ich den blauen Glanz auf den schwarzen Federn, einzelne waren weiß gesäumt. Victorias Augen waren geschlossen. Sie blieb lange vor meinem Bett stehen, ich hörte sogar den leise pfeifenden Atemzug, den ich von ihrem Schlaf kannte. Doch was wollte sie nicht sehen? Ich fixierte Victoria unablässig. Aber ihre Augen öffneten sich nicht. Als der Frühwind in ihrer Federkrone zu wühlen begann, verschwand sie.

Der Tag wird nicht richtig hell, da schon am Vormittag wieder starker Regen eingesetzt hat. Je genauer ich mich an Victorias Federkrone zu erinnern versuche, desto fahler und unansehnlicher, an manchen Stellen zerschlissen, kommen mir die Federn vor. Mir ist, ich sei mein Vater, der, versteckt unter den Kirschbäumen des großelterlichen Gartens, die Versteigerung des gesamten Hausrats verfolgt. Aber er hat nur Augen für die Kolibris! Warum hat man sie auf einen Tisch gestellt in ihrem Glasschrank, der nun aussieht wie ein durchsichtiger Sarg? Auf den Kieswegen des Gartens stehen Stühle, Spiegelkommoden, Schränke herum, alle mit einem Zettel versehen, auf den der Schätzungswert gekritzelt ist. Als letztes warten die ausgestopften Kolibris auf den Hammerschlag. Sind sie nicht die exotischste Kostbarkeit des Hauses? Doch warum erscheinen sie jetzt, auf dem Tisch erbarmungslos zur Schau gestellt, auf einmal so schäbig, verstaubt, und in ihrer Winzigkeit nahezu grotesk? Mein Vater hat sie immer lebendig vor sich gesehen, wie in den Schilderungen des Großvaters, der sie in den Tiefen des südamerikanischen Urwalds gejagt hatte. Wo ist nun ihr funkensprühendes Herumflirren? Der Liebreiz ihrer ungestümen Bewegungen? Ihr senkrecht angehaltenes Zittern in der Luft? Das Smaragdgrün der Federn wirkt stumpf, die schwarzen Scheitel ergraut, die veilchenblauen Kehlen schmutzig. Die Schnäbel ragen aus den Vogelklümpchen wie lächerliche Antennen. Mein Vater hört, schon nach dem ersten Ausruf, den Hammer niedergehen. Eine eigentümliche Ruhe befällt ihn, die Ruhe jener, die alles verloren haben. Ein einziges Mal noch, bevor er tiefer unter die Kirschbäume geht, faßt er den erhöhten Glassarg mit den Kolibris ins Auge, und es muß in jenem Augenblick gewesen sein, daß er allem Verkümmerten und Untergehenden lebenslange Treue geschworen hat.

Am späten Nachmittag hört es plötzlich auf zu regnen. Es bleibt aber ungewöhnlich ruhig auf dem Quai, als hätte sich unter der Herrschaft des Regens das Leben aus der Stadt zurückgezogen. Nur hinter den südlichen Bergketten gehen dramatische Lichtveränderungen vor sich. Zum ersten Mal seit meinem Turmaufenthalt glaube ich einen Augenblick lang, bevor eine Wolkenwand alles wieder verhüllt, jenen Gratzug zu sehen, auf dem ich seit einem fernen Neujahrstag nie mehr gewesen bin. Die Talstation lag noch im Schatten, die Wiesen ringsum steinhart vor Frost, die Seile der Sesselbahn weiß vom Rauhreif. Die Sessel halten nicht wirklich an, man muß sozusagen noch in Fahrt darauf springen, aber der Mann mit den schwarzen steifen Ledermänteln im Arm macht eine forcierte kleine Pause, er deckt mich besonders fürsorglich zu, woher hat er diesen Blick für Frauen mit einem ungeborenen Kind? Dabei ist noch gar nichts von diesem Kind sichtbar, es regt sich auch nicht und träumt noch in seinem Fruchtwasser, jetzt fährt der Sessel mit Schwung empor, um die Verzögerung wettzumachen. Wir tauchen aus dem Schatten auf ins Winterlicht. Wie klar ist die eisige Luft hier oben! Immer mehr eingefaltete Täler, verschneite Waldrükken, gleißende Seearme breiten sich unter uns aus. Manchmal tuckert der Sessel ein wenig, dann wieder ist es nur ein leises Sausen, ein Hinaufschweben in die Bläue. Ich kann mich kaum rühren unter dem steifen alten Ledermantel, so sehr hat man mich an der Talstation darin eingewickelt. Aber sitzt da nicht die ganze Fahrt über ein Mann neben mir, mit einem schwarzen Ledermantel zugedeckt wie ich, der eben versucht, wie aus einer Mumienbandage seinen Arm herauszulösen, um den breitkrempigen Hut in der

Morgenluft zu schwenken und lauthals das neue Jahr mit all seinen Umwälzungen zu begrüßen? Ich höre noch sein Lachen, trotzdem sitze ich allein auf dem Sessel, der an gar keinem Seil mehr befestigt ist, doch unbeirrt weiterfliegt, über die blendende Winterwelt hinweg!

Es dunkelt. Auch von der Plattform aus ist keine einzige der südlichen Bergketten mehr am Horizont auszumachen. Skeptisch mustere ich die Außenwand des Turms. Die Verwitterung wird unübersehbar. Einerseits scheint das Holz in der Nässe aufgequollen zu sein, andrerseits sind Risse in den Brettern entstanden. Möwenkot ist da und dort verspritzt. Heute abend kommt es mir merkwürdig vor, daß mir nie einfiel, Victoria in der Stadt zu suchen. Aber wo? In der Alhambra, im Schlachthof, am Kanal? Je hinfälliger der Turm wird, desto weniger kann ich ihn verlassen. Ich bin schon etwas mit ihm verwachsen. Nachdem ich das Schild, Bitte nicht stören, zurechtgerückt habe, steige ich auf den Dachboden und beobachte das schlagartige Aufleuchten der Straßen und Plätze. Die Polenta habe ich heute kaum angerührt. Seit Victoria nicht mehr da ist, vermisse ich am meisten eine beiläufige Eigenart an ihr, von der ich nicht wußte, daß sie mich glücklich machte. Es war jener kleine Hüpfer, den sie oft nach ihrem Hereinkommen in den Turm beim Hinaufgehen der Treppe einlegte, ein irgendwie für das Betreten einer Stufe ganz überflüssiger, in seiner Freude leicht übertriebener Hüpfer. Aber für den Augenblick dieses Hüpfers lag Glanz über der Welt und der Glaube, das Leben im Turm höre nie auf. Noch in der jetzt hereingebrochenen Nacht ist feststellbar, daß die Regenwolken sich lichten. Mir ist kalt. Einmal wenigstens auf dem Dachboden schlafen! Doch ich widerstehe der Versuchung. Wie, wenn Victoria zurückkäme, und mich in ihrem Bett liegen fände? Rasch gehe ich ins Zwischengeschoß hinab und werfe, durch den Lichtschlitz, einen letzten Blick auf den Quai.

Etwas Weißliches bewegt sich unter den Platanen. Eine so spät noch herumflatternde Taube? Der helle Fleck fährt aber ganz deutlich in der Nähe des Turms auf und ab. Es ist eine kleine Hand, die unaufhörlich winkt, es muß das Mädchen mit dem Pagenschnitt, den schwarzen Schonern an Ellbogen und Knien sein! Doch wie gerate ich auf die Vermutung, es sei gekommen, um mich zu holen? Ohne auch nur etwas anderes in Erwägung zu ziehen, stürze ich ins Erdgeschoß hinab und hinaus auf die Plattform. Das Mädchen hat unterdessen auf seinen Inlineskates offensichtlich einen besonders kräftigen Anlauf genommen, es saust eben in einem schwungvollen Bogen an der Plattform vorbei, mit dem einen Arm dabei heftig winkend. Es wirkt so übermütig, alles an ihm ist Triumph, für einen Augenblick sehe ich sogar seine weißen Zähne blitzen! Aber sofort, mit einer Entschiedenheit ohnegleichen, dreht es ab. Immer noch winkend, wobei es jetzt mit beiden Armen wie in nie gekannter Freiheit durch die Luft rudert, hat es sich schon unter den Platanen entfernt.

Noch ist es dunkel im Turm, als ich schon auf dem Dachboden bin. Das Zurückschieben der Fensterläden geht nicht mehr ohne Knarren. Die Stadt aber liegt in tiefer Stille. Was für eine klare Nacht nach diesen Regentagen! Nur über das Wasser zieht eine Nebelschlange, hinter den Bergen ahnt man die kommende Helle. Aus dem Stadtpark sind kaum unterscheidbare Geräusche vernehmbar, ebenso kurze wie zarte Laute, die ersten Vögel regen sich. Und bald antworten aus den Bäumen am Quai und dem Himmelsraum über mir weitere Vogelstimmen, schüchterne Triller, langgezogene Rufe, ein luftiges Verweben von Klängen hebt an, nach eigenen Regeln, die Zeremonie des Tagesanbruchs. Genau um halb sechs klopft es an die Turmtür. Hat sich denn jemand der Plattform genähert? Victoria! Mit einem Sprung eile ich die Treppen hinab. Vor der Tür stehen zwei Männer in Regenmänteln. Sie sind entlassen, ruft der eine in scharfem Ton, Sie waren immer allein im Turm! Der andere spielt lässig mit dem Schild, Bitte nicht stören, er schnippt es mit dem Finger auf und ab, dabei lacht er fast brüllend heraus. Dieses Lachen kenne ich! Die beiden Männer sind von der Stadtverwaltung. Mit plötzlicher Unerschrockenheit frage ich, wo ist der Sekretär? Ein verächtlicher Blick streift mich. Packen Sie Ihre Sachen, sagt der eine der zwei Männer nah an meinem Ohr, wir geben Ihnen zwanzig Minuten Zeit. Wortlos schließe ich die Turmtür hinter mir und raffe mechanisch meine Kleider zusammen. Dann, ohne Zögern, gehe ich auf den Dachboden und trage alle Plastiksäcke Victorias herunter. So bepackt trete ich auf die Plattform hinaus, den beiden Männern ist das Mißfallen an den schmuddeligen Plastiksäcken anzusehen. Sie nehmen mich in die Mitte, schon sind wir auf dem Quai, fort unter den Platanen. Vor dem großen Platz halte ich an und sage, sehr bestimmt, ich möchte allein auf den Bahnhof gehen. Der Lacher setzt ein Grinsen auf, der andere meiner Begleiter betrachtet mich abwägend. Von einer Bezahlung des Kustodenamtes kann natürlich keine Rede sein, sagt er, doch wir sehen von weiteren Schritten gegen Sie ab, falls Sie die Stadt noch heute verlassen. Ich drücke Victorias Plastiksäcke an mich und nicke. Nach einer unschlüssigen Pause, während der ich reglos verharre, neigen die beiden Männer den Kopf zur Verabschiedung und eilen über den noch leeren Platz in den Innenhof der Stadtverwaltung. Aufatmend drehe ich mich zum ersten Mal nach dem Turm um.

Er bewegt sich! Ungläubig renne ich auf den Quai zurück. Kein Zweifel, der Turm fährt auf seiner Plattform langsam auf den See hinaus, gezogen von einem Motorboot, dessen Tuckern bis zu mir dringt. Und vorn, am Bug des Motorbootes, steht die Gestalt im langen schwarzen Mantel mit dem breitkrempigen

Hut. Möwen kreischen in der Luft, für einen Augenblick blitzt das Turmdach im Morgenlicht auf, das schräg zwischen den Bergen einfällt. Der Turm gleitet nun so rasch seeaufwärts, als wären ihm Flügel gewachsen. Kaum noch unterscheide ich das Motorboot, jetzt nähert es sich dem Nebelstreifen über dem Wasser, schon ist es darin eingetaucht und mitsamt dem Turm verschwunden. Zwischen dem Platanenlaub schauen zwei dunkle Vogelpupillen mich an. Über die Quaistraße rollt immer lauter der Verkehr. Warum ist mir auf einmal so leicht? Mit allem Verlorenen gehe ich hinein in die erwachende Stadt.